Linda Olsson

EINE SCHWESTER IN MEINEM HAUS

Roman

*Aus dem Schwedischen
von Kerstin Schöps*

btb

Die Originalausgabe erschien 2016 unter dem Titel
»En syster i mitt hus« bei Brombergs Bokförlag, Stockholm.

Alle in diesem Roman geschilderten Handlungen und Personen
sind frei erfunden.

 Dieses Buch ist auch als E-Book erhältlich.

MIX
Papier aus verantwor-
tungsvollen Quellen
FSC
www.fsc.org
FSC® C014496

Verlagsgruppe Random House FSC® N001967

1. Auflage
Deutsche Erstausgabe März 2019 btb Verlag
in der Verlagsgruppe Random House GmbH,
Neumarkter Straße 28, 81673 München
Copyright © 2016 by Linda Olsson
Copyright © der deutschsprachigen Ausgabe 2019 by btb Verlag
in der Verlagsgruppe Random House GmbH
Covergestaltung: semper smile, München,
nach einem Entwurf von Penguin Random House US
Covermotiv: L'Estaque a Marseille (oil on canvas)/
Albert Marquet/Bridgeman Images
Satz: Uhl + Massopust, Aalen
Druck und Einband: GGP Media GmbH, Pößneck
MK · Herstellung: sc
Printed in Germany
ISBN 978-3-442-71723-1

www.btb-verlag.de
www.facebook.com/btbverlag

Für Sally, vielen Dank für Hatepe

One Sister have I in our house,
And one, a hedge away.
There's only one recorded,
But both belong to me.

Emily Dickinson

Ich kann nicht mehr genau sagen, warum ich es getan habe. Ein Teil von mir führt manchmal ein eigenständiges, impulsives Leben, über das ich keine Kontrolle habe. Ich staune oft, wozu es in der Lage ist. Und ich staune, wie viel Gutes doch dabei herauskommt. Aber am Ende muss immer mein Ich, mein bewusstes Ich, die Konsequenzen tragen. Im Guten wie im Schlechten.

Wenn ich rückblickend betrachte, wie sehr dieser spontane Einfall meine Sicht auf mich und das Leben verändert hat, kann ich es nicht fassen, dass ich es nicht schon damals erkannt habe. Die Bedeutsamkeit meiner unbesonnenen Einladung. Ein paar unbedachte Worte, aus den Tiefen meines Selbst entsprungen. Die im ersten Moment keinerlei Wirkung hatten, zumindest keine, die ich bemerkt hätte.

Hatte mein Unterbewusstsein einen bestimmten Zweck damit verfolgt? Hatte ich mir das tief im Inneren gewünscht? Hatte mich doch alles, was diesem Augenblick vorausgegangen war, so stark beeinflusst, dass ich meine Schwester einlud vorbeizukommen, als sie vor mir stand? Oder hatte mich etwas an ihr dazu veranlasst, diese Worte auszusprechen? Ich weiß es nicht. Ich kann meine eigenen Fragen nicht beantworten. Ich verstehe mich selbst nicht.

Ich kann nur mit den Konsequenzen leben. Und versuchen, den Rest meines Lebens so gut wie möglich zu gestalten. Und das zu schätzen, was mir noch von dem bleibt, was ich damals so leichtfertig zurückgewiesen habe.

ERSTER TAG

»Welches Bett soll ich für Ihren Gast fertig machen?«, fragte mich das Hausmädchen. Wir standen in dem halbdunklen Esszimmer. Ihre braunen Augen waren ausdruckslos. Für sie war es natürlich nur eine ganz pragmatische Frage.

Aber ihre Worte trafen mich, als hätte ich etwas Heißes und Schweres hinuntergeschluckt. Und dort unten im Magen lagen sie nun und brannten. Mich traf die Erkenntnis mit voller Wucht, dass mit Anbruch des Abends auch meine Schwester kommen würde. Und in einem der Betten schlafen. In einem der Räume wohnen. In das eindringen, was meins war, und dadurch die gesamte Atmosphäre verändern. Nicht absichtlich.

Nein, mit mir stimmt etwas nicht. Für mich ist das, was ich als meins betrachte, so ... ich weiß nicht, wie ich es beschreiben soll. Zerbrechlich, vielleicht. So bloß liegend und empfindlich. In jeder Hinsicht. Ich bin nicht in der Lage, das zu teilen, was mir so viel bedeutet. Und wenn mich die Umstände dazu zwingen, will ich gehen und alles hinter mir lassen. Dann ist es für immer zerstört. Wenn ich so darüber nachdenke, glaube ich, dass es vielleicht schon immer so gewesen ist. Auch bevor es Emma gab. Vielleicht habe ich solche Angst davor, den Kampf um etwas zu verlieren, dass ich es erst gar nicht versuche? Darauf bin ich wirklich nicht stolz, aber wenigstens kann ich es heute so annehmen, ohne Scham oder Schuld zu empfinden.

Ich musste schlucken, aber es half nichts. Die Hitze in meinem Magen erzeugte Übelkeit in mir.

Das junge Mädchen wartete geduldig auf eine Antwort. Meine Gedanken flogen vom großen Schlafzimmer neben dem Esszimmer hinter mir, die Treppe hinunter ins Erdgeschoss zu den beiden kleinen Schafzimmern dort. Dort wollte ich sie unterbringen. Aber würde es nicht sonderbar wirken, dass ich gar nicht selbst in dem großen Schlafzimmer schlief, es ihr aber nicht anbot? Allerdings würde es bedeuten, ihr auch den größten Teil des Hauses zu überlassen, wenn sie den großen Raum bekäme. Und das lag nicht nur an seiner Größe, sondern auch an seiner Lage. Im Herzen des Hauses. Sie würde dadurch Zutritt zu dem Großteil meines Hauses haben. Mehr, als ich wollte. Es fühlte sich an, als wäre sie schon im Haus und hätte dadurch auch mein Verhältnis zu ihm verändert. Das Unwohlsein nahm zu.

»Wir nehmen den ersten Raum unten«, wies ich das Hausmädchen an, es nickte und verschwand die Treppe hinunter.

Ich ging hoch in den ersten Stock. Die Wohnfläche dort besteht aus einem einzigen Zimmer, einem großen, offenen Raum, in dem Innen und Außen nur durch Glaswände und Schiebetüren voneinander getrennt sind. Mit geöffneten Türen fühlt es sich an, als wäre man draußen, wo kleine Vögel zu Besuch vorbeikommen. Dort hielt ich mich am häufigsten auf. Schlief auf einem der harten Sofas. Aß auf der Dachterrasse, wenn es nicht regnete. Und ich arbeitete dort. Es war ein großes Haus, doch ich benutzte eigentlich nur den oberen Stock. Aber mir gefiel die Gewissheit, die anderen Räume unter mir zu wissen. Sie hatten die Aufgabe eines Puffers gegen die restliche Welt.

Ich trat auf die Dachterrasse, die ich als meinen Garten betrachtete. Meinen ersten eigenen Garten. Genau genommen war es aber nicht viel mehr als ein mit Terrakottaplatten gefliester Bereich mit ein paar Topfpflanzen. Ein Zitronenbaum, ein Limettenbaum, Wein, der langsam an der Steinwand emporkletterte, sowie ein paar rote und rosa Pelargonien. Die große, hochgewachsene Bougainvillea gehörte eigentlich nicht dorthin, obwohl sie eine ganze Ecke mit ihrer violetten Pracht einnahm. Sie hatte ihre Wurzeln unter den Steinplatten auf der Straße, und ich hatte sie darum nie als Objekt meiner Betreuung und Pflege angesehen. Wie sie so groß und üppig hatte werden können, war mir ein Rätsel. Die üppige Blütenpracht überstrahlte die bescheidenen Bemühungen der anderen Gewächse. Von mir wurde sie nie gegossen, aber das schien ihr nichts auszumachen. Sie musste ihre ganz eigene Quelle irgendwo in den Tiefen gefunden haben.

Ich setzte mich und sah hoch in den Himmel, hob die Hand und überprüfte, wie viele Finger zwischen Sonne und

Bergkamm passten. Noch mindestens eine Stunde Tageslicht. Es war etwa halb sechs, und der Bus würde erst um acht Uhr kommen. Ich hätte genug Zeit, um meine Gartenarbeit zu beenden, wenn ich sie jetzt in Angriff nahm. Gießen, die trockenen Blätter und Zweige einsammeln, den Boden fegen und die Liegestühle zusammenklappen. Aber ich blieb sitzen.

Ich hörte, wie das Hausmädchen rief und sich verabschiedete, dann die Haustür zufiel und kurz darauf das Gartentor und ihre schnellen federnden Schritte, die langsam verklangen.

Das Haus gehörte wieder mir allein.

Ich stand auf und ging hinunter. In der Küche war es im Gegensatz zu dem gleißenden Licht auf der Dachterrasse ziemlich dunkel. Ich schenkte mir ein Glas Weißwein ein und nahm es mit nach oben.

Nicht nur die Pflanzen benötigten meine Fürsorge, das ganze Haus war ein lebender Organismus, der mich brauchte. Oder war ich es, die das Haus brauchte? Es umarmte mich und beschützte mich. Als würde es in die Sonne wachsen wollen wie die Pflanzen. Ganz unten, wo die Bougainvillea ihre Wurzeln hatte, befand sich mein Schlafzimmer, dort war es immer kühl und halbdunkel, selbst wenn ich die Fensterläden öffnete. Auch in der Küche und im Schlafzimmer im Erdgeschoss war es kühl, sogar an heißen Sommertagen. Und das fand ich tröstlich. Ich konnte mir nur schwer vorstellen, wie es im Winter werden würde.

Seit meiner ersten Nacht schlafe ich ohne Gardinen. Ich

habe gelernt, die Augen kurz aufzuschlagen und sofort die Tageszeit zu bestimmen. Das gefällt mir gut, und mittlerweile verlasse ich mich viel eher auf mein Ablesen des Sonnenstands als auf eine Uhr. Hier oben habe ich die schönsten Sonnenaufgänge und Sternenhimmel meines Lebens gesehen. Ich werde der Aussicht auf die Meeresbucht niemals müde, deren Wasser ständig die Farben ändert. Die weißen Häuser klettern den steilen Hang hinauf und bilden eine Art Amphitheater. Hinter den Häusern erhebt sich der Bergkamm wie eine beschützende Mauer. Gegen Ende des Tages mochte ich diesen Blick am meisten.

Es sollte mein erstes Jahr im Haus werden. Mein erster Winter hier. Ich hatte meine andere Wohnung aufgegeben, obwohl ich nicht sicher damit rechnen konnte, den Mietvertrag am Ende des Jahres zu verlängern. Oder das Haus eventuell kaufen zu können. Aber ich dachte nicht weiter als bis zum Frühling. Ein Jahr. Neben dem Kamin im Esszimmer lag ein Stapel Holz, darum nahm ich an, dass es ziemlich kalt werden könnte. Aber noch konnte man im Meer baden, und die Sonnenstrahlen wärmten einen.

Ich setzte mich auf die Holzbank an dem langen Tisch und nahm einen Schluck Wein. Ich trank zu viel. Zu viel im Verhältnis zu was? Das Kondenswasser am Glas wurde zu Tropfen, die mir über die Hand liefen. Ich musste mich doch mit niemandem und nichts vergleichen. Solange ich allein in meinem Haus war, waren alle Vergleiche unbedeutend. Es gab keine Bestimmungen, keine Regeln. Ob ich zu viel trank, konnte nur daran bemessen werden, wie es mir ging. Und abgesehen von der brennenden Faust im Magen ging es mir im Großen und Ganzen gut. Ohne Vergleiche. Mir ging es gut damit, ich zu sein. Hier zu sein.

Ich stellte das Glas ab und legte meine Hände auf die Tischplatte. Es waren kräftige Hände, obwohl sie nicht schön waren. Ich hatte nicht die langen, schmalen Finger mit den schön geformten Nägeln geerbt. Auch nicht die schönen, schlanken Beine. Und auch nicht die kleinen Füße. Oder das blonde Haar. Komischerweise hatte mir das nie etwas ausgemacht. Im Gegenteil. Ich kann mich nicht erinnern, dass ich es jemals hatte anders haben wollen. Natürlich hatte ich begriffen, dass Emma die Schönheit meiner Mutter geerbt hatte. Das Ätherische. Das Feminine. Eine ansprechende Zerbrechlichkeit, vielleicht sogar Hilflosigkeit. Aber ich konnte mich ehrlich gesagt nicht daran erinnern, dass ich sie darum jemals beneidet hatte.

Am Anfang war ich damit ja auch nicht allein. Da hatte ich Amanda. Ich konnte mich in ihr spiegeln, und mir gefiel, was ich sah.

Emma durfte ihre Schönheit gerne behalten.

Plötzlich packte mich die Angst. Angst? Nein, es war mehr als das. Entsetzen – ja geradezu Panik. Ich nahm schnell noch einen großen Schluck Wein. Vielleicht sollte ich duschen? Mir etwas Sauberes anziehen? Ich sah an mir herunter, musterte mein gestreiftes Baumwollkleid. Ich hatte schon seit Langem aufgehört, meine Kleidung zu bügeln. So wie ich mich von den meisten Routinen verabschiedet hatte, mich frei geschält. Nein, so ganz stimmte das nicht. Es hatte eine Zeit gegeben, in der die einfachsten, praktischen Aufgaben unüberwindlich schienen. Damals habe ich das meiste aufgegeben. Losgelassen.

Ich spürte einen kleinen Stich. Undefinierbar. Trauer vielleicht? Bitterkeit? Ich hoffte, dass es nicht Letzteres war. Trauer war in Ordnung. Die unauslöschliche Trauer, die tief in mir überlebt hatte. Mit ihr konnte ich leben. Vielleicht brauchte ich sie sogar, um zu leben. Und dazu gesellte sich die neue, noch nicht verklungene Trauer. Die pflegte ich sorgfältig. Aber Bitterkeit hat mir schon immer Angst eingejagt. Ich betrachtete meine Nägel und konnte mich nicht erinnern, wann ich sie das letzte Mal lackiert hatte. Oder mich geschminkt. Meine Haare schnitt ich mir selbst, trug sie aber meistens mit einer Klammer im Nacken. Ich öffnete sie und schüttelte meine Haare. Duschen, definitiv.

Noch war genug Zeit.

Mit geschlossenen Augen stand ich unter dem lauwarmen Wasser. Ich konnte mich genau an den Moment erinnern, als er über mich gekommen war. Dieser wahnsinnige Impuls. Ich erinnerte, wie wir zusammenstanden, Emma und ich. Noch waren vereinzelte Gäste da, aber es herrschte allgemeine Aufbruchsstimmung.

Wir beide – wie in einer Blase. Es fühlte sich sonderbar an. Ich hatte dieses Gefühl von Zusammengehörigkeit in Emmas Gegenwart noch nie empfunden. Auch nicht, als wir noch Kinder waren. Aber ich erinnere mich, wie ich mit einem Stapel von Tellern in den Händen vor ihr stehen blieb und sie ansah.

»Hast du Lust, mich in meinem Haus in Spanien besuchen zu kommen?«

Sie sah mich aus ihren großen hellen und leicht geröteten Augen an. Überrascht. Aber sie antwortete nicht gleich, sondern fuhr fort, das Besteck einzusammeln und die Servietten vom Tisch zu nehmen und zusammenzuknüllen. Voll beladen ging sie hinaus in die Küche.

»Ich fände es schön, wenn du Lust dazu hättest«, sagte ich, als sie zurückkam, und versuchte, es beiläufig klingen zu lassen, als wäre es gar nicht so wichtig. Aber da war etwas in mir, das mich geradezu genötigt hatte, die Einladung auszusprechen. Ich erinnere mich, dass ich meine Worte sofort wieder bereute, kaum dass sie mir über die Lippen gekommen waren.

»Ich weiß nicht, Maria«, sagte sie dann, ohne mich dabei anzusehen.

Ich zuckte mit den Schultern, als wäre ihre Antwort nicht so wichtig. Gleichzeitig spürte ich, wie erleichtert ich war.

»Im Moment ist gerade so viel los …« Sie beendete den Satz nicht. »Später vielleicht. Wenn es dann noch passt bei dir. Später.«

Später sollte zwei Jahre danach sein. Ich hatte meine Idee von damals schon längst vergessen. So viel war in der Zwischenzeit passiert. Wenn ich darüber nachdachte und versuchte zu verstehen, warum ich diese Einladung so unüberlegt ausgesprochen hatte, musste ich gestehen, dass ich möglicherweise nur hatte angeben wollen. Und mein neues Leben vorführen. Mit meinem Glück prahlen.

Meine Mutter hatte immer gesagt, dass man sich niemals anmaßen sollte, glücklich zu sein. Zumindest sollte man es nicht zugeben, weder sich selbst noch anderen gegenüber. Man sollte es auf keinen Fall zeigen. Dadurch würde man das Schicksal herausfordern, und das würde unweigerlich zur Katastrophe führen. Wenn das stimmte, war meine Mutter auf Nummer sicher gegangen. Ich kann mich nicht erinnern, dass ich sie jemals glücklich erlebt habe. Und offensichtlich bin auch ich ziemlich vorsichtig gewesen. Das ist tief in mir verankert. Aber als ich bei der Beerdigung meiner Mutter vor Emma stand, fühlte ich mich überraschenderweise glücklich. Und ich ließ das Glück für einen Moment lang zu. Es stellte sich heraus, dass meine Mutter Recht behalten sollte. Natürlich.

Emma hatte der Tag sichtlich mitgenommen. Sie hatte bei der Zeremonie unaufhörlich geweint. Und als sie sich dann nach vorn beugte, um Geschirr vom Tisch abzuräumen, sah ich, dass ihr die Tränen liefen. Ich hatte überhaupt nicht geweint. Arrogant hatte ich das Gefühl zugelassen, glücklich zu sein. Nicht über den Tod meiner Mutter, sondern über das Leben, das vor mir lag. Damals.

Die Beerdigung selbst war nicht wirklich traurig. Der Tod meiner Mutter war nicht überraschend gekommen. Wir hatten viel Zeit gehabt, uns darauf vorzubereiten. Alles fand so statt, wie sie es sich gewünscht hatte. Viel Musik, das hatte sie immer gemocht. Romantische französische Chansons, die eine zauberhafte junge Sängerin in Begleitung eines Akkordeonspielers vortrug. Aber dieses Fest hätte schon viel früher stattfinden sollen. Und unter anderen Umständen. Bevor die Hauptperson verschwunden war. Es hatte sich eher wie eine leere Geste angefühlt, sinnlos und angestrengt. Wir alle spielten unsere Rollen, allen voran Emma und ich. Und unsere Mutter schwebte über uns beiden. Emma war schön, mit einem Hauch von Tragik, damals und wie schon immer. Ich hatte den Eindruck, dass sie auf der Beerdigung so richtig in ihrem Element war. Sie unterhielt sich in wohl dosierter, zurückhaltender und beherrschter Trauer mit den Gästen. Ihre Eleganz war angeboren. Denn bei uns zu Hause hatte es so etwas wie Eleganz nicht gegeben. Etwas anderes allerdings auch nicht. Man hatte das, womit man geboren wurde. Was man ansonsten benötigte, musste man sich auf anderem Wege besorgen. Oder ohne es auskommen.

Ich drehte den Wasserhahn zu, stellte mich auf den kühlen, polierten Steinboden und trocknete mich langsam und sorgfältig ab. Obwohl ich nicht zugenommen hatte – zumindest war ich davon überzeugt –, veränderte sich mein Körper, als würde er neu verteilt. Ganz allmählich. Ich stellte mich vor den Spiegel und streckte mich, zog das Kinn zur Brust. Ich war gerade achtundvierzig geworden. Das Einzige, was ich mit Sicherheit wusste, war, dass der Alterungsprozess fortschreiten und vermutlich an Geschwindigkeit zunehmen würde. Aber solange ich mich nicht mit meinem jüngeren Ich verglich oder mit jemand anderem, würde ich ihn gewähren lassen.

Aber da war Emma.

Ich hob erst den einen Arm, dann den anderen und betrachtete mein Spiegelbild. Das hatte ich schon lange nicht mehr gemacht. Ich hatte den Eindruck, dass der Abstand zwischen mir und der Frau im Spiegelbild immer größer wurde und wir im Begriff waren, getrennter Wege zu gehen. Ich trug Deo auf, putzte die Zähne. Warum eigentlich? Eine berechtigte Frage. Ich würde gleich noch ein Glas Wein trinken. Ich kämmte mir die Haare und zog mir frische Sachen an. Jeans und eine gestreifte Bluse. Dann trat ich einen Schritt zurück und betrachtete mich prüfend. Und mir wurde bewusst, dass ich genau das tat. Trotz allem. Ich verglich mich. Mit meinem jüngeren Ich. Mit meiner Mutter. Aber am meisten mit Emma. Sie war zweiundvierzig. Sechs Jahre jünger als ich.

Der Unterschied zwischen uns war sehr groß, als Emma in mein Leben kam. Später, als junge Frau, war er verschwunden. Aber jetzt plötzlich war er wieder gewachsen.

Sechs Jahre lang war ich glücklich gewesen.

*

Nach der Beerdigung hatte ich nichts mehr von Emma gehört. Nicht dass ich es erwartet hätte. Ich hatte mich ja auch nicht mehr bei ihr gemeldet. Unser Kontakt war immer sporadisch gewesen. Bestenfalls. Auch in den letzten Monaten vor dem Tod meiner Mutter hatte ich mich nicht besonders oft gemeldet. Und wenn Emma und ich miteinander sprachen, entstand selten eine richtige Unterhaltung. Ich stellte die Fragen, die ich meinte, stellen zu müssen. Ich bot meine finanzielle Unterstützung an. Ein Angebot, das im Übrigen niemals angenommen wurde. Dabei hatte ich immer den Eindruck, dass die Krankheit meiner Mutter ausschließlich in Emmas Verantwortungsbereich lag. Ich bin mir nicht ganz sicher, ob ich mir das einredete, damit ich Schuldgefühle haben konnte oder ob es tatsächlich so gewesen ist. Emma hatte sich nie beschwert, hatte mich nie um etwas gebeten. Darüber war ich sehr erleichtert. Der zarte Kontakt, den wir am Ende und anlässlich der Beerdigung gehabt hatten, brach danach ganz ab. Meine Mutter hatte nie wirklich die Funktion eines verbindenden Kettengliedes gehabt, aber ihre physische Existenz war immerhin der sichtbare Beweis für unsere Verwandtschaft. Nach ihrem Tod blieb davon nichts übrig, und ich verschwendete keinen Gedanken an Emma oder ihr Leben.

Darum war Emmas Mail eine totale Überraschung für mich.

»Maria, ich weiß nicht, ob du dich an deine Einladung erinnerst. Dass ich dich in Spanien besuchen kommen kann. Wenn die Einladung noch steht, würde ich gerne kommen. Würde es dir im Oktober passen?«

Unterschrieben hatte sie mit »E«.

Sonst nichts. Aber das fühlte sich richtig an. Hätte sie mehr geschrieben, mich gefragt, wie es mir geht, oder einen Standardgruß angehängt, hätte ich wahrscheinlich anders reagiert – und vermutlich nicht positiv. Mit dieser kurzen, neutralen Mitteilung konnte ich umgehen. Das hörte sich echt an, und es war deshalb unmöglich, ihren Besuch abzulehnen. Darum antwortete ich ihr, dass es mir gut passen würde. Irgendwann im Oktober.

Es war der vierzehnte Oktober. Und Emma war auf dem Weg zu mir.

Als ich mit meinem aufgefüllten Weinglas auf die Terrasse trat, stand die Sonne auf dem Bergkamm über dem Hafen. Hinter der schwarzen Silhouette des Berges leuchtete der Himmel orange, um sich kurz darauf rosa zu färben und dann immer dunkler zu werden. Die Stadt lag bereits im Halbdunkel des Bergschattens. Es war dieser unbestimmte Moment, bevor der Tag nachgab und der Nacht den Vortritt ließ. Die beste Zeit des Tages, finde ich.

Ich blieb sitzen, solange es ging. Aber dann konnte ich es nicht länger aufschieben. Es wurde Zeit.

Ich versuchte, die kühle Abendluft tief einzuatmen, als ich die Haustür hinter mir zuwarf. Aber alles in mir hatte sich zusammengezogen, und ich hatte das Gefühl, keine Luft zu bekommen.

Als ich die Steintreppe hinunterging, die zum Hafen führte, sah ich Pau. Barfuß und in Shorts stand er in dem hellblauen Türrahmen. Er rauchte und betrachtete die Reihe der aufgestemmten Steinplatten zu seinen Füßen. Als er mich kommen hörte, sah er auf, lächelte und zuckte mit den Schultern.

»Bona tarda, Maria, da stehe ich hier und frage mich, ob ich die Wasserleitung jetzt noch verlegen soll oder ob das bis morgen warten kann, um mich auf die Terrasse zu setzen und mir einen Drink zu genehmigen. Was meinst du?«

»Hey«, sagte ich. Ich konnte mich nach wie vor nicht dazu überwinden, die einfachsten Höflichkeitsfloskeln auf Katalanisch zu sagen, obwohl ich welche beherrschte. »Es wird bald dunkel. Du kannst es genauso gut auf morgen verschieben, oder?«

Er nickte, steckte sich die Zigarette zwischen die Lippen, bückte sich und hob eine der Steinplatten hoch, um sie gegen die Hauswand zu lehnen.

»Vielen Dank für deinen Rat. Ich warte bis morgen. Die hier muss ich aber noch wegräumen, damit niemand im Dunkeln stolpert.« Er lächelte. Seine Zähne blitzten weiß in der plötzlichen Dunkelheit, als die letzten Sonnenstrahlen hinterm Haus verschwanden.

»Ich muss weiter, meine Schwester am Busbahnhof abholen«, erklärte ich. Ich hatte das Gefühl, etwas sagen zu müssen. Wenn wir uns trafen, plauderten wir ein bisschen miteinander, was praktisch jeden Tag stattfand, wenn ich abends an seinem Haus vorbeiging, um unten in der Stadt essen zu gehen. Aber daraus hatte sich noch nie ein längeres Gespräch entwickelt. Aus irgendeinem Grund aber hatte ich das Bedürfnis, ihm von Emmas Besuch zu erzählen. Vielleicht redete ich auch eher mit mir selbst. Um den Besuch zu etwas ganz Normalem und Selbstverständlichem zu machen, indem ich ihn wie im Vorbeigehen erwähnte.

»Wie schön! Du bekommst Gesellschaft. Da kann ich verstehen, dass du dich darauf freust.« Er winkte mir zu, widmete sich dann wieder seinen Steinplatten, und ich setzte meinen Weg hinunter zum Hafen fort.

Ich ging langsam, widerstand dem Wunsch, mich in eines der kleinen Cafés zu setzen. Aber dafür war es jetzt zu spät. Darum bog ich in die Straße, die zum Busbahnhof führte.

Die große sterile Station lag verlassen da, und auch das Tickethäuschen sah geschlossen aus. Ich setzte mich auf eine der Bänke, stand aber gleich wieder auf. Ich konnte einfach nicht still sitzen.

Der Bus bog auf die Minute um die Ecke und hielt direkt vor mir. Die Türen öffneten sich mit einem Seufzer, dann klappten die Gepäckluken wie die Flügel eines riesigen Käfers hoch. Weniger als eine Handvoll Gepäckstücke lagen darin. Ein junger Mann sprang aus dem Bus und nahm einen Rucksack und eine Tasche an sich. Zurück blieb ein kleiner Koffer.

Dann sah ich sie. Sie kam die Treppenstufen so vorsichtig herunter, als wüsste sie nicht, wie sie es anstellen sollte. Es sah seltsam aus. Sie bewegte sich wie ein alter Mensch. Sie trug die Haare auch ganz kurz. Ich konnte mich nicht erinnern, dass sie jemals so kurze Haare gehabt hatte. Beides war mir unangenehm. Als ich ihr winkte, nickte sie als Antwort, aber ohne die Andeutung eines Lächelns. Ich holte den Koffer aus dem Gepäckraum, von dem ich annahm, dass er ihr gehörte.

»Willkommen«, sagte ich. Aber als ich Anstalten machte, sie zu umarmen, wich sie einen Schritt zurück und hob die Hände abwehrend hoch.

»Komm mir bloß nicht zu nahe, ich bin am Ende der

Fahrt so richtig reisekrank geworden. Ich hatte ja keine Ahnung, dass die Strecke hierhin die reinste Alpenstraße ist. Wenn ich das gewusst hätte, hätte ich eine Tablette genommen.«

Jetzt erst bemerkte ich, wie blass sie war.

Ich wusste nicht, was ich sagen sollte. Sollte ich mich dafür entschuldigen, dass der Weg so kurvig war?

»Es ist nicht weit von hier. Ich hoffe, es geht gleich wieder«, sagte ich nach einer Weile.

»Ja doch, es wird mir guttun, an der frischen Luft zu sein. Das ist gleich wieder vorbei.«

Ich zog den Koffer hinter mir her, und sie machte keinerlei Anstalten, ihn mir abzunehmen. Als wir den Marktplatz erreicht hatten, blieb ich stehen.

»Dort oben steht mein Haus«, sagte ich und zeigte den Hang hinauf. »Es ist nicht mehr weit. Aber vielleicht sollen wir vorher noch eine Kleinigkeit essen gehen? Oder willst du lieber gleich nach Hause?«

Sie antwortete nicht sofort, sondern stand ganz still da und sah hinaus aufs Wasser.

»Das ist so schön«, sagte sie zum Schluss. Leise. »Genau wie ich es mir vorgestellt habe.«

»Bei Tageslicht ist es noch schöner«, entgegnete ich, »das wirst du morgen sehen. Was meinst du, wollen wir uns kurz in einen der Läden hier setzen?« Ich deutete auf die kleinen Restaurants und Bars, die den Markplatz säumten.

Sie nickte. »Ja, es wäre bestimmt nicht schlecht, wenn ich etwas zu mir nähme.«

Wir gingen in ein Tapasrestaurant, in das ich oft allein essen ging. Plötzlich überkam mich ein starker Unwille, diesen Ort mit jemandem zu teilen. Als würde mein Erleben des Ortes zerstört werden, wenn ich ihn mit Emma teilte. Ich war ein regelmäßiger Gast, darum kannten die Kellner mich mittlerweile und ich sie. Ich saß meist am Ecktisch neben dem Fenster und hatte immer etwas zu lesen dabei. Und ich durfte ungestört so lange sitzen bleiben, wie ich wollte. Als Adriana uns lächelnd entgegenkam, bat ich ausdrücklich um einen anderen Tisch.

Wir setzten uns. Jetzt konnten wir es nicht mehr vermeiden, uns anzusehen.

»Danke, dass ich kommen durfte. Ich weiß das wirklich zu schätzen.«

»Ja, aber ich muss gestehen, dass ich meine Einladung vollkommen vergessen hatte. Es liegt ja schon so weit zurück.« Ich hörte sofort, wie das klang.

Sie nickte. »Ja, da ist immer so viel dazwischengekommen. Ich hoffe, dass du es mir gesagt hättest, wenn es dir nicht passt?«

»Auch bei mir ist vieles dazwischengekommen«, sagte ich und senkte den Blick.

»Und dein Mann, ist der nicht da?«

Eine ganz normale Frage, naheliegend. Erwartet, und trotzdem vernichtete sie mit einem Schlag meine wohlüberlegte Verteidigung. Ich war nicht in der Lage zu antworten.

»Nein. Ich bin allein hier.« Zu mehr war ich nicht in der Lage. »Wollen wir mal in die Karte sehen?«

Wir bestellten und führten dann eine etwas holprige Unterhaltung, aber ich erinnere mich nicht, worüber. Ich hatte überhaupt keinen Hunger mehr. Aber als der Wein kam, nahm ich einen großen Schluck.

»Und was ist mit Olof? Wollte er nicht mitkommen?«

Emma hob den Kopf und sah mich an. Für einen Moment war ich mir nicht sicher, ob sie nicht gleich anfangen würde zu weinen. Aber vielleicht kam der Glanz in ihren Augen auch von dem kleinen flackernden Licht auf unserem Tisch. Sie schüttelte den Kopf.

»Nein, ich habe eine Freundin besucht, die ein Haus in Avignon hat. Darum habe ich dir eine Mail geschickt. Ich habe auf der Karte gesehen, wie nah es ist. Und die Zugverbindungen sind wirklich gut.«

Ein Ausweichmanöver, offensichtlich. Darin war sie besser als ich. So wie früher. Emma konnte schon als Kind die schöneren Kulissen zeichnen.

Wir pickten von den kleinen Tellern auf dem Tisch, aber keine von uns mit besonderem Enthusiasmus.

»Wohnst du hier jetzt ständig?«

»Nicht wirklich. Aber ich wohne auch nicht an einem anderen Ort. Ich würde sagen, das hier kommt einem Zuhause am nächsten. Ich nehme und lebe einen Tag nach dem anderen. Hier ist es ruhig und schön, und ich habe ab und zu ein paar Gelegenheitsjobs, die ich von hier aus machen kann. Ich muss abwarten, wie sich das entwickelt.«

»Du mietest das Haus? Ich dachte, du hättest es gekauft. Es klang damals so, fand ich. Als du mich eingeladen hast.«

Ich steckte mir etwas zu essen in den Mund, kaute sorgfältig und schluckte es hinunter.

»Ich denke darüber nach. Aber bis dahin miete ich es.«

Das wird schrecklich, schoss es mir durch den Kopf. Dieses gegenseitige Abtasten der Geheimnisse der anderen. Nicht dass mich Emmas Privatleben sonderlich interessiert hätte. Aber irgendetwas musste ich doch sagen, um ihre Fragen abzuwehren.

»Und wie geht es den Kindern?«

Sie zuckte zusammen, als hätte ich etwas vollkommen Unerwartetes gesagt. Dann räusperte sie sich.

»Gut, es geht ihnen gut, soweit ich weiß.«

Es hatte Zeiten gegeben, in denen ich einen engeren Kontakt zu Emmas Kindern gehabt hatte. Vor allem zu Anna, der Ältesten. Als Anna neun oder zehn Jahre alt war, verbrachten wir in den Sommerferien ein paar Wochen zusammen. An diese Wochen hatte ich schon sehr lange nicht mehr gedacht. Ich hatte meine Sommerferien ausnahmsweise in Schweden verbracht. Damals überraschte mich Emma, genauso wie jetzt, indem sie sich bei mir meldete. Die Überraschung wurde noch größer, als sie mich fragte, ob ich mir vorstellen könnte, Anna für ein paar Wochen bei mir aufzunehmen. Eine Erklärung, warum das notwendig war, bekam ich nie. Weder damals noch später. Ich wusste nichts von Emmas Leben als Ehefrau. Wie es ihr in ihrer Ehe ging. Nach ihrer Hochzeit mit Olof hatten wir uns immer nur kurz bei einigen Festlichkeiten bei ihnen zu Hause gesehen. Ein paar Weihnachtsfeiern und Geburtstage, vor allem die runden, die größer gefeiert werden mussten. Das hatte nicht für meine gegolten, absolut nicht. Aber die meiner Mutter, glaube ich. Und vielleicht auch Emmas. Ihr dreißigster vielleicht. Und der fünfzigste meiner Mutter. Ich hatte immer den Eindruck, dass ich bei ihren Veranstaltungen nicht dazugehörte. Ich lud auch niemanden zu mir nach London ein. Wir kannten uns doch gar nicht. Oder anders gesagt, ich kannte Emma und Olof als Einzelpersonen, aber nicht als Paar. Vermutlich war das mein Fehler. Wer geht, der trägt auch die Verantwortung, den Kontakt aufrechtzuerhalten. Wer zurücklässt. Wie auch immer, ich hatte keine Ahnung, wie es Emma und Olof als Paar ging. Allerdings auch nicht, wie es jedem für sich ging. Emma hielt krampfhaft die Fassade aufrecht, dass wir eine glückliche Großfamilie waren, die ihre Feste zusammen feierte. Sie hatten ein großzügiges und schönes Zuhause, und Emma war eine ehrgeizige Gastgeberin. Ich musste meine ganze Kraft aufbieten, um ihre extravaganten Veranstaltungen zu ertragen. Und um mich Olof gegenüber natürlich verhalten zu können.

Aber von dem Tag an, einem sonnigen Vormittag im Juni, als ich Anna abholte, waren wir die allerbesten Freunde. Und das überraschte mich. Ich habe keine eigenen Kinder. Kinder hatten mich nie wirklich interessiert. Zumindest nicht als Erwachsene. Ich mag Kinder nicht per se, nur weil sie Kinder sind, sondern weil mir ihre Persönlichkeit gefällt. Zumindest die von manchen Kindern. Und von Anna war ich sofort hingerissen.

Sie war ganz Emmas Tochter. Keine Frage. Schön, ätherisch, wie eine kleine Elfe. Blond und fast durchsichtig. Aber das war nur ihr Äußeres. Darunter lag so vieles, worin ich mich wiedererkannte. Im Guten wie im Schlechten. Wir hatten in diesen Wochen einige Auseinandersetzungen und Kämpfe ausgetragen. Aber wir hatten auch großartige Momente. Anna lernte, vom Steg ins Wasser zu springen. Das Haus in den Schären, das ich gemietet hatte, war hervorragend ausgestattet, und wir hatten sogar ein kleines Ruderboot. Als sie gelernt hatte, vom Steg zu springen, ruderten wir mit dem Boot zu einer kleinen Insel mit einer sechs, sieben Meter hohen Klippe, die steil ins Wasser fiel. Ich konnte sehen, wie ihr die Knie zitterten, aber lautlos stürzte sie sich hinunter. Ich konnte ihre Anspannung spüren und den Triumph, nachdem sie ihre Angst überwunden hatte. Ich konnte mich mit ihr identifizieren, und es war auch ein kleiner persönlicher Triumph für mich. Abends spielten wir Schach. Nachdem sie das Spiel begriffen hatte, wurde sie schnell zu einer ernsthaften Gegnerin. Sie hasste es zu verlieren und gab niemals auf. Ich glaube, das war der Anfang meiner Liebe zu ihr.

In den darauffolgenden Jahren begegneten wir uns nur sporadisch. Aber dann besuchte sie mich in London. Da war sie siebzehn. Ich hatte davor weder mit Emma noch mit ihr Kontakt gehabt, darum kam der Besuch auch unerwartet. Aber so ist das in unserer Familie. Kurze, schlagartige Kontaktsuche, und dann herrscht monatelang oder jahrelang Schweigen.

Ich sah Emma an. Was meinte sie mit »soweit ich weiß«?

Aber ich wollte nicht fragen. Darum ließ ich den Satz und die Gelegenheit kommentarlos verstreichen.

»Und Olof? Wie geht es ihm?«

Sie starrte mich einen Augenblick an, wirkte beinahe ängstlich. Dann schlug sie die Augen nieder und griff nach ihrem Glas. Sie nahm mehrere große Schlucke, als wäre es Wasser. Als sie das Glas abstellte, kippte es um, und der restliche Wein lief über den Tisch.

»Entschuldige. Das tut mir so leid.« Emma schlug sich die Hände vor den Mund, und jetzt standen tatsächlich Tränen in ihren Augen. »Ich bin so ungeschickt.« Sie weinte.

»Ach komm, das macht doch nichts«, sagte ich und stellte ihr Glas wieder hin.

Adriana kam sofort mit einem Lappen angerannt, aber bevor sie den Tisch abwischte, wandte sie sich an Emma.

»Tauche deine Finger in den Wein und streiche dir damit über die Stirn.« Ihr Englisch war ausgezeichnet, aber Emma sah sie verständnislos an. »Es bringt Unglück, wenn man Wein verschüttet. Aber wenn man sich vom Rest ein wenig auf die Stirn streicht, wendet man das Blatt, und aus Unglück wird Glück.«

Adriana nickte Emma aufmunternd zu, die vorsichtig ihren Zeigefinger in den Wein tippte und sich damit über die Stirn strich.

»So, jetzt ist alles wieder gut«, sagte Adriana und trocknete den Tisch ab. Sie wechselte das Tischtuch, stellte alles wieder an seinen Platz und schenkte Emma neuen Wein ein. Das alles dauerte nur einen kurzen Augenblick.

Aber Emma weinte.

Ich saß still neben ihr, verunsichert, wusste nicht, was ich tun oder sagen sollte.

»Olof hat mich verlassen.«

Zusammengesunken saß Emma auf ihrem Stuhl und griff mechanisch nach dem Weinglas, als würde sie sich daran festhalten, um nicht zu kollabieren.

Ich war vollkommen verstummt. Alle Fragen, die ich hätte stellen können, wirkten auf einmal so unangemessen. Alle Worte des Trostes oder zumindest des Mitgefühls waren wie fortgefegt. Darum hob ich mein Glas und hielt es ihr hin.

»Wir müssen jetzt nicht darüber reden, Emma. Wir müssen überhaupt nicht darüber reden. Du hattest einen langen Tag. Wir trinken aus, und dann gehen wir nach Hause.« Emma nahm ihr Glas, und wir stießen vorsichtig an.

Dann gab ich Adriana ein Zeichen, dass wir zahlen wollten.

*

Wir betraten das Haus, und ich warf die Tür hinter uns zu. Emma hatte die Arme um ihren Körper geschlungen, als würde sie frieren. Als wir so nebeneinanderstanden, hatte ich das sonderbare Gefühl, dass ich größer sei als sie. Das konnte nicht sein. Emma war fünf Zentimeter größer als ich, das wusste ich genau. Meine Mutter hatte das oft genug hervorgehoben. Ich sah Emma von der Seite an, sie starrte geradeaus. Sie war so schön wie immer, aber es machte unerklärlicherweise keinen so großen Eindruck mehr auf mich. Ich war mir nicht sicher, ob mir das gefiel. Denn es gibt einem ja eine gewisse Sicherheit, wenn sich die Dinge nicht verändern.

»Ich habe mir überlegt, dass du hier schläfst«, sagte ich und zeigte in das große Schlafzimmer neben dem Esszimmer. »Aber ich muss noch das Bett beziehen. Das Hausmädchen, das bei mir putzt, sollte heute kommen, aber sie ist nicht aufgetaucht. Du kannst schon reingehen, ich hole nur schnell Bettzeug und Handtücher.« Ich öffnete die Tür und zog ihren Koffer hinter mir her. Sie folgte mir. Ich öffnete eines der Fenster.

»Die Fensterläden müssen eingehängt werden, wenn man sie geöffnet hat, damit der Wind nicht an ihnen rütteln kann. Jetzt gerade ist es nicht windig, aber der Wind kann ganz plötzlich aufkommen.«

Emma setzte sich vorsichtig auf die Bettkante. Mir war aufgefallen, wie behutsam und zaghaft sie sich bewegte. Emma schwebte sonst mit federleichten Schritten. Fast gewichtslos. Aber jetzt hob sie kaum die Füße vom Boden. Vielleicht war sie einfach nur müde.

Ich ging nach unten, um die Sachen zu holen. Noch so eine Idee, sagte ich mir. Die Konsequenzen nach sich ziehen könnte. Warum hatte ich mich jetzt doch dazu entschieden, ihr das große Schlafzimmer zu geben? Ich schüttelte den Kopf über mein Verhalten. Wahrscheinlich würde ich es bald bereuen.

Wir bezogen das Doppelbett gemeinsam, dann ließ ich sie allein, damit sie sich duschen und ihren Koffer auspacken konnte. In der Zwischenzeit bereitete ich ein Tablett mit Käse und Obst vor, holte eine Flasche Wein aus dem Kühlschrank und trug alles auf die Dachterrasse. Ich setzte mich, ohne Licht zu machen. Langsam füllte sich der Himmel mit Sternen, immer mehr kamen dazu, je länger ich in die Dunkelheit über mir sah. Als würden immer neue Sterne auftauchen, als würde ich immer tiefer in die Dunkelheit eintauchen.

Aus dem Erdgeschoss war kein Laut zu hören. Schließlich ging ich wieder nach unten, um nachzusehen, warum es so lange dauerte. Ich klopfte an die Tür des Schlafzimmers und hörte sie dahinter.

»Ich habe oben ein bisschen Obst und Käse«, erklärte ich vor der verschlossenen Tür. »Komm doch zu mir hoch, wenn du Lust hast.«

Ich wartete, und nach einer Weile kam Emma heraus. Sie trug einen dünnen weißen Bademantel und an den Füßen Socken. Mit der einen Hand hielt sie den Morgenmantel am Hals zu, und ich hatte wieder den Eindruck, als würde sie frieren.

»Ich bin nicht angezogen, Maria.«

Ich lachte.

»Das macht überhaupt nichts. Du kannst auch nackt hochkommen. Da oben kann uns niemand sehen. Aber wir haben eine großartige Aussicht.«

Der Versuch eines Lächelns.

»Na gut, aber nicht lange«, sagte sie und folgte mir.

Aus dem Wohnzimmer holte ich für jede von uns eine Decke, in die wir uns einwickelten.

»Ein Glas Wein?«

Sie nickte, und ich schenkte ihr ein. Schweigend saßen wir da. Vereinzelt drangen Stimmen vom Hafen zu uns nach oben, und auch das Rauschen des Meeres war die ganze Zeit zu hören. Ich drehte mein Glas in der Hand. Dann wandte ich mich direkt an Emma.

»Ich wollte dir immer schreiben und dir dafür danken, dass du dich um alles gekümmert hast, als Mama starb«, sagte ich. »Aber ich habe es nie getan. Darum sage ich es dir jetzt. Ich weiß, dass es viel Arbeit war. Nicht nur die Beerdigung selbst. Auch die Zeit davor. Besonders die. Alles. Eine lange Zeit.«

Mich überraschte es, mich welcher Klarheit die Worte aus mir kamen.

Sie antwortete nicht.

Und genau so sollte es sein.

Ich hob den Blick in den Sternenhimmel und holte tief Luft.

Vielleicht würden wir das doch hinbekommen. Trotz allem.

ZWEITER TAG

Es duftete nach frischem Kaffee. Das hatte mein Unterbewusstsein wahrgenommen, bevor ich aufwachte. Für einen schwindelerregenden Augenblick befand ich mich wieder in einer anderen Zeit. In der Erinnerung daran, wie es sich anfühlte, in der Gewissheit aufzuwachen, geliebt zu werden.

Der Duft hielt sich, die Erinnerung löste sich auf. Zurück blieb nur ein Gefühl. Eine übergroße, überwältigende Sehnsucht. Ich war ständig auf der Hut vor meiner Erinnerung. Und ich wurde zunehmend seltener von ihr überrascht. Die Mühen, sie zu verdrängen, waren zu einem natürlichen Teil von mir geworden. Ich achtete sehr darauf, Dinge zu vermeiden, die ein Auslöser sein könnten. Aber das hier hatte mich kalt erwischt. Eiskalt.

Ein Blick durchs Fenster sagte mir, dass ich viel länger als erwartet geschlafen hatte. Ich stand auf und ging auf die Terrasse. Es war noch kühl, aber der Himmel war strahlend blau, und die weißen Gebäude unten in der Stadt leuchteten in der Morgensonne wie frisch gewaschen.

Ich hatte keine Pläne für diesen Tag. Genau genommen auch für keinen anderen. Einer der Vorteile meines einsamen Lebens war, dass ich Entscheidungen ganz natürlich reifen lassen konnte. Einfach das tun konnte, was sich in diesem Augenblick richtig anfühlte, und so jede Art von Planung vermeiden. Zumindest für eine Zeitlang. Meine Arbeit erforderte allerdings ein gewisses Maß an Disziplin. Ich hatte ab und zu Deadlines für bestimmte Aufträge, die ich aber immer versuchte einzuhalten. Aber mir war ohne größere Auflagen die Zeit versprochen worden, die ich benötigte. Weder die Schule noch die Galerie in Barcelona stellten Forderungen. Sie hatten mir Zeit gegeben, doch sie war auch das Einzige, was ich hatte. Meine Zeit war jedoch keine Freiheit. Sie war Leere. Einsamkeit.

Ich befürchtete, dass die nächsten Tage Auswirkungen auf mein jetziges Leben haben würden. Die Emma von heute war mir fremd, obwohl ich die Emma von früher genau genommen auch nicht gekannt hatte. Ich hatte keine Erinnerung an sie als eine wirkliche Person aus Fleisch und Blut, einen Menschen mit einem eigenen Willen und einer eigenen Persönlichkeit. Für mich war Emma immer eine Art Statistin in meinem persönlichen Lebensdrama gewesen. Ich musste eingestehen, dass ich nichts über sie wusste. Ich wusste nicht, was sie dachte oder was ihr wichtig war. Ich konnte mich nicht erinnern, dass sie jemals eine Meinung zu irgendetwas geäußert hätte. Sie war wie ein stiller Trabant an den Rändern meiner Welt vorbeigeflogen.

Unsere Kindheit hatte uns nicht den Raum gelassen,

unsere eigenen Träume zu entwickeln. Natürlich musste Emma ihre eigenen Gedanken und einen eigenen Willen gehabt haben. Sie war vermutlich einfach nur anpassungsfähiger gewesen als ich. Wir hatten wahrscheinlich beide versucht, jede auf ihre eigene Art, in dem unbegreiflichen Chaos zu überleben. Jede für sich statt gemeinsam. Emma stellte etwas für mich dar, das ich weder haben noch analysieren wollte. Dazu hatte ich keine Kraft.

Ich hatte keine Ahnung, was sie sich von dem Besuch bei mir versprach. Welche Erwartungen hatte sie? Sollte ich Ausflüge organisieren? Die Vorstellung widerstrebte mir aus mehreren Gründen. Zum einen vermied ich, meine eigene Zeit zu verplanen, wenn es irgend möglich war. Zum anderen wollte ich auf keinen Fall die Verantwortung für die Freizeitgestaltung eines anderen Menschen übernehmen. Zwar machte ich häufig Ausflüge in den Nationalpark. Manchmal war ich den ganzen Tag lang unterwegs, mit dem Fernglas um den Hals und Wasser und Obst im Rucksack. Ich mochte die trostlose Landschaft, die einem ein hohes Maß an Aufmerksamkeit abverlangte, um Farben und Details zu unterscheiden. Die scheuen Vögel, die durch die Luft sausten, die Pflanzen, die aus der Entfernung alle gleich aussahen, aber aus der Nähe mit unfassbarer Schönheit und spektakulärer Vielfalt aufwarteten. Eine Landschaft, die ihren Reichtum nur mit besonders aufmerksamen Besuchern teilte. Ich schlenderte auch fast jeden Tag durch die Stadt. Aber selten mit einem konkreten Ziel oder irgendeinem Plan. Manchmal landete ich dabei in dem kühlen, trostspendenden Dunkel der Kathedrale, in der die Zeit aufhörte zu existieren und meine Gedanken sich frei bewegen konnten. Meine Spaziergänge waren so ziellos wie der Rest meines Lebens.

Aber jetzt war Emma bei mir, und ich war mir unsicher, was von mir verlangt wurde.

Ich zog mir den Morgenmantel an und ging hinunter.

Emma saß auf der kleinen Terrasse vor dem Esszimmer.

»Du rauchst?«, fragte ich überrascht.

Sie blies den Rauch aus. »Ich hoffe, dass es okay ist. Ich rauche natürlich nicht im Haus.«

»Selbstverständlich ist das in Ordnung. Ich bin nur überrascht, ich habe dich noch nie rauchen sehen.«

»Ich habe Kaffee gemacht. Ich hoffe, das war auch okay? Der ist bestimmt noch warm.«

Ich holte mir einen Becher und setzte mich zu ihr auf die Terrasse.

»Hoffentlich habe ich dich nicht geweckt.«

Ich schüttelte den Kopf.

»Überhaupt nicht. Ich habe nichts gehört. Mich hat der Kaffeeduft geweckt.«

»Das ist vielleicht nicht das Schlechteste, oder?« Sie hatte ihren Kopf geneigt und sah mich an.

»Nein, überhaupt nicht schlecht. Im Gegenteil. Normalerweise muss ich mir den Kaffee selbst zubereiten.« Ich nahm einen Schluck und stellte fest, dass Emmas Kaffee viel besser schmeckte als meiner.

Da erst entdeckte ich den Teller mit den zwei Croissants auf dem Tisch.

»Warst du schon draußen?«

»Ja, ich konnte nicht schlafen, darum bin ich ein bisschen spazieren gegangen und habe eine Bäckerei entdeckt, die schon geöffnet hatte.«

Ich versuchte, es zu ignorieren, aber es war stärker. Die wachsende und beschämende Verärgerung darüber, dass meine Schwester in mein Revier eindrang. Ich nahm noch einen Schluck von dem starken, bitteren Kaffee.

Als sie sich vorbeugte, um ihre Zigarette im Aschenbecher auszudrücken, bemerkte ich zu meiner noch größeren Überraschung ihre abgebissenen Fingernägel. Es war schon ungewöhnlich, dass Emma rauchte. Aber die Vorstellung, dass sie Nägel kaute, war geradezu undenkbar. Ich hob den Blick, und sie zog schnell ihre Hand zurück und schob sie zwischen die Beine.

»Nimm dir doch ein Croissant«, sagte sie.

»Danke, ich glaube, ich warte noch. Ich frühstücke meistes sehr spät. Unten in der Stadt, in einem der Cafés. Ich sitze gerne dort. Ich gehe runter, wenn der Wagen mit den Zeitungen kommt.« Ich weiß nicht, warum ich das unbedingt sagen musste. Einerseits gewährte ich ihr auf diese Weise Zutritt in mein Leben, andererseits war ich angestrengt von ihrer Anwesenheit. Das war nicht ihre Schuld.

Peinliches Schweigen. Emma brach sich ein kleines Stück von dem einen Croissant ab. Aber auch sie schien noch keinen Hunger zu haben, denn statt es sich in den Mund zu stecken, begann sie es in winzige Stücke zu zerpflücken. Die Krümel fielen durch das Dekor des gusseisernen Tisches.

»In der Regel arbeite ich zwischen neun und elf Uhr, aber ich bin nicht besonders diszipliniert. Es fällt mir leicht, mich zu überreden, die Arbeit beiseitezulegen. Genau genommen ist es auch gar keine Arbeit. Die Schule in Barcelona, an der ich unterrichtet habe, hat mich freigestellt. Aber ich verbringe immer ein paar Vormittagsstunden mit etwas, das ich Arbeit nenne. Aber eigentlich habe ich frei. Wenn du also etwas Bestimmtes unternehmen möchtest, sag es mir einfach.«

Ich war Emma dankbar, dass sie keine weiteren Fragen stellte. Ich wollte weder die Wahrheit sagen noch mich in Ausreden verhaspeln.

»Ich will dich und deine Routinen nicht stören. Ich komme prima allein zurecht. Ich habe keine Pläne. Mir gefällt es, nichts machen zu müssen.«

»Aber irgendetwas müssen wir uns überlegen. Wir könnten morgen zum Cap Creus gehen, wenn das Wetter gut ist. Das ist eine kleine Wanderung, sechs oder sieben Kilometer, aber nicht anstrengend. Es dauert etwa anderthalb Stunden. Dort ist es wunderschön, und der Leuchtturm ist berühmt. Und dann können wir in dem Restaurant vor Ort zu Mittag essen. Was meinst du?«

»Ich will nicht, dass du dich verpflichtet fühlst, dich um mich zu kümmern.«

»Es ist ziemlich lange her, dass ich dort war. Ich fände es schön – wenn du dazu Lust hast. Oder willst du dich heute vielleicht ein bisschen unten in der Stadt umsehen? Wir könnten zusammen runtergehen und zu Mittag essen. Was ich Frühstück nenne. Gegen elf?«

Emma nickte.

Ich stand auf, um duschen zu gehen. Emma griff nach der Zigarettenschachtel.

Als ich zurückkam, saß sie nicht mehr draußen. Wahrscheinlich war sie in ihrem Zimmer. Ich nahm mir noch einen Becher Kaffee und ging nach oben auf die Dachterrasse, um ein paar Dinge zu erledigen. Oder es zumindest so aussehen zu lassen, als hätte ich etwas zu tun. Um mein freies Leben zu rechtfertigen. Auch vor mir selbst. Ich hatte zunehmend Schwierigkeiten, mein schlechtes Gewissen zum Schweigen zu bringen. Ich hatte meine Stelle an der internationalen Schule in Barcelona behalten dürfen. Sie wollten mir wirklich helfen. Das machte einen gewaltigen Unterschied. Aber im Laufe der Zeit hatte ich nicht viel Aufwand betrieben. Nur vereinzelte kleine Bemühungen. War ab und zu eingesprungen. Hatte ein paar Rechercheanfragen erfüllt. Wenn ich mich morgens an den Rechner setzte, war es also nicht wirklich mein Ziel zu arbeiten, es war vielmehr der Versuch, den Kontakt mit der Wirklichkeit aufrechtzuerhalten. Ich folgte den Aktivitäten in der Galerie, wusste aber, dass sie ausgezeichnet ohne mich zurechtkamen. Sie gehörte mir zwar, aber ich war eine abwesende Besitzerin.

Irgendwann begriff ich, dass ich sowohl von der Schule als auch von der Galerie diese Aufgaben übertragen bekam, um Halt zu haben, Krücken gewissermaßen. Aber es hat mir geholfen. Das war mir im Laufe der Zeit klar geworden, obwohl es sich am Anfang anders angefühlt hatte. Ich wusste, dass der Tag meiner Rückkehr näher kam. Aber er machte mir keine Angst mehr, so wie früher. Hier, in der Stille des großen Hauses, hatte ich die Zeit gehabt, die ich gebraucht hatte.

An diesem Tag gab es ungewöhnlich wenig zu erledigen. Ein paar Mails, einige Rechnungen, dann war ich fertig. Darum öffnete ich mein Tagebuch und notierte das Datum.

> Meine Schwester Emma ist gestern angekommen. Wir haben uns seit Mamas Beerdigung nicht mehr gesehen. Mir graut vor den kommenden Tagen. Habe keine Ahnung, wie wir die überstehen sollen. Was wir machen sollen, was wir uns sagen sollen.

So wenig ich mir vorstellen konnte, wie es wohl sein würde, so wenig konnte ich es auch beschreiben. Ich schloss das Dokument wieder, klappte den Laptop zu und setzte mich mit einem Buch auf die Terrasse. Aber lesen konnte ich auch nicht. Ich hatte Emma nicht gesehen und sie nicht gehört, wollte aber auch erst dann runtergehen, wenn es Zeit fürs Mittagessen war.

Ging es anderen Geschwistern auch so? Dass so unfassbar viel Ungesagtes zwischen ihnen stand und darum jede Begegnung qualvoll war?

*

Ich erinnere mich nicht mehr daran, wann mir bewusst wurde, dass wir noch ein Geschwisterkind bekommen sollten, Amanda und ich. Und eines Tages war Emma plötzlich da. Soweit ich weiß, habe ich am Anfang nicht weiter Notiz von ihr genommen. Ich hatte Amanda, und die neue Schwester hatte keine Bedeutung. Trotzdem begriff ich schon bald, dass sich durch Emma alles veränderte. Ich habe eine Erinnerung, wie Amanda mit Emma im Arm auf dem grauen Sofa sitzt. Sie beugte sich zu ihr hinunter und flüsterte etwas, das ich nicht hören konnte. Und sie strich ganz sanft mit ihren Lippen über Emmas Stirn. Sie half beim Windeln wechseln, beim Füttern und ging mit ihr im Kinderwagen spazieren. Für mich war es, als hätte ich eine Schwester verloren. Nicht eine dazubekommen. Zuerst wartete ich noch ungeduldig, dass es vorbeigehen würde. Dass Amanda von Emma bald die Nase voll haben und zu mir zurückkehren würde. Aber Amanda hatte nie die Nase von etwas voll. Sie war schon als Kind treu und loyal gewesen. Kleine Kinder sind sonst ja sehr egoistisch. Vielleicht sind sie gar nicht egoistischer als Erwachsene, nur ungeübter darin, ihre wahren Gefühle zu verbergen.

Ich bin der Überzeugung, dass Amanda niemals egoistisch gewesen ist. Und das hatte einen großen Einfluss darauf, wie ich mich selbst wahrnahm. Ja, auch heute noch wahrnehme. Mit dem unterschwelligen Gefühl von Unzulänglichkeit. Mit der Enttäuschung darüber, dass ich bin, wer ich bin. Natürlich hatte sie mich nicht verlassen. Aber ich wollte ihre ganze, ungeteilte Aufmerksamkeit. So wie es vorher gewesen war. Ich wollte Amanda nicht mit Emma teilen.

Doch es ging nicht vorbei. Im Gegenteil. Als Emma laufen konnte und anfing zu sprechen, wurde es schlimmer. Nicht besser. Amanda wurde der Dauerbabysitter. Die beiden durften sich sogar ein Zimmer teilen, und ich war in meinem ganz allein. Amanda schleppte Emma überallhin mit. Auf den Spielplatz. Wenn wir auf der Wiese hinterm Haus waren. Wenn wir uns Hütten bauten oder Theater spielten. Emma war immer dabei. Amandas Geduld und Liebe kannten keine Grenzen. Ich hätte es akzeptieren müssen. Hätte von Amanda nicht mehr fordern dürfen, als sie im Stande war zu geben. Mir hätte die Gewissheit genügen müssen, dass sie mich liebte. Ich hätte mich nicht zurückziehen dürfen. Aber so ist das mit mir. Ich kann nicht teilen. Ich verzichte lieber ganz, als mich mit Krümeln zu begnügen.

Die Kuckucksuhr in der Küche schlug elf, und ich stand auf. Als ich nach unten kam, saß Emma dort, wo ich sie am Morgen verlassen hatte. Aber sie hatte sich umgezogen und dezent geschminkt. Als sie mich kommen hörte, drückte sie ihre Zigarette aus und stand auf.

»Wollen wir in meinem Stammcafé einen Kaffee trinken und dann einen Spaziergang durch die Stadt machen?«

Sie nickte und nahm die Jacke von der Stuhllehne.

*

Meine erste Begegnung mit Cadaqués war so, wie ich es bis dahin nur vom Hörensagen kannte: Ich empfand ein unmittelbares Gefühl der Zugehörigkeit. Als würde ich den Ort schon kennen, ohne ihn erst entdecken zu müssen, intuitiv. Seit diesem ersten Mal sind viele Jahre vergangen. Später dann, viel später, als ich zusammen mit Maya dorthin kam und versuchte, ihr das zu erklären, legte sie nur ihre Hand auf meinen Arm und lachte mich an: »Ich weiß, Maria. Mir geht es ganz genauso.«

Aber jetzt lief ich mit meiner Schwester Emma durch die Stadt. Ich hatte keine Ahnung, was in ihrem Kopf vor sich ging. Und es fiel mir schwer zuzugeben, dass ich es auch gar nicht wissen wollte. Langsam gingen wir den Kai entlang. Einige der Boote waren schon an Land gezogen worden, und einige der Touristenboutiquen hatten die Saison bereits beendet.

Seit ich ein Kind bin, mag ich den Herbst. Mich hat sein melancholischer Ernst immer angesprochen. Als würde alles klarer und deutlicher werden. Als würde sich nach den intensiven Aktivitäten des Sommers auf alles eine befreiende Stille senken.

»Ich kann verstehen, dass es dir hier gefällt, Maria.«

»Wirklich?«, antwortete ich und lachte. »Du hast doch noch gar nichts gesehen. Außerdem kennen wir uns ja kaum, nach so vielen Jahren. Wenn wir es überhaupt jemals getan haben.«

»Du passt hierher, so fühlt es sich an. Oder der Ort passt zu dir.«

Wir gingen zum Marktplatz, und ich kaufte mir eine Zeitung. Ich würde sie nicht wie sonst im Café lesen können, darum faltete ich sie zusammen und steckte sie in meinen Korb.

»Es stimmt, was du gesagt hast.«

Fragend sah ich Emma an.

»Es ist noch schöner bei Tageslicht.« Sie sah aufs Meer hinaus. »So habe ich es mir vorgestellt. Immer wenn ich an dich gedacht habe, habe ich dich in so einer Umgebung gesehen. Und am Meer.«

»Das überrascht mich, Emma. Zum einen, dass du an mich gedacht hast. Und zum anderen, weil ich mich selbst nie am Meer gesehen habe. Genau genommen kann ich mich nur an einen einzigen Urlaub am Meer erinnern. Das war in dem Jahr, als ich das Haus in den Schären gemietet hatte und Anna für ein paar Wochen bei mir gewohnt hat.«

»Ja, das ist komisch, wenn ich darüber nachdenke. Aber du hast so glücklich ausgesehen, als wir auf Mamas Beerdigung zusammenstanden. Da habe ich mir vorgestellt, dass du so lebst. Am Meer. In der Sonne.«

Ich wusste nicht, was ich sagen sollte. Um Zeit zu gewinnen, wühlte ich in meiner Tasche nach der Sonnenbrille. Es war eine Erleichterung, sie aufsetzen zu können.

»Wollen wir uns in das Café dort drüben setzen?«, schlug ich vor.

Wir setzten uns und bestellten Kaffee. Emma zündete sich eine Zigarette an.

»Gehst du im Meer baden?«

Ich schüttelte den Kopf.

»Ich auch nicht.«

Und auf einmal wussten wir nicht mehr, worüber wir reden sollten. Und das Schweigen lag zwischen uns, schwer und unbeweglich.

»Magst du Fotos von Anna und Jakob sehen?«, fragte Emma schließlich.

Ich nickte, dankbar für die Unterbrechung, und Emma holte ihr Handy raus und öffnete die Fotoalben. Sie legte das Telefon auf den Tisch und blätterte durch die Aufnahmen. Natürlich erkannte ich Anna wieder. Wir hatten uns ja vor zwei Jahren auf der Beerdigung gesehen. Aber diese Fotos waren erst vor Kurzem entstanden. Ich war auf die Veränderung, die Anna durchgemacht hatte, nicht vorbereitet. Von ihr gab es nicht viele Aufnahmen, und alle schienen auch bei derselben Gelegenheit gemacht worden zu sein. Sie trug auf allen Fotos ein graues Sweatshirt mit Kapuze und kurz geschnittene Haare. Was mich aber am meisten berührte, war, wie mager sie war. Und ihr Blick. Ich hatte mir immer das Bild der zehnjährigen Anna bewahrt, die so wissbegierig und neugierig war. Aber die Anna, die hier vor mir auf dem Tisch lag, blickte ausdruckslos in die Kamera. Nur auf einer Aufnahme konnte man ihr Gesicht deutlich erkennen. Auf den anderen wirkte es, als wäre sie am liebsten gar nicht fotografiert worden. Oder als hätte sie es nicht mitbekommen.

Emmas Jakob hatte ich nie richtig kennengelernt. Als er noch klein war, hatte ich ihn nur als einen Anhang von Emma gesehen. Sie war immer sehr um ihn besorgt gewesen. Ich fand, dass sie ihre Kinder vollkommen unterschiedlich behandelte, obwohl sie nur zwei Jahren auseinander waren. Vielleicht hatte das meine Gefühle für Anna verstärkt. Aber auf den Fotos sah ich einen Jakob, aus dem ein junger Mann geworden war. Ich sah Züge von Emma in ihm, mehr als in Anna. Aber Jakob hatte Olofs braune Augen.

»Tolle Fotos«, sagte ich. »Schön, sie mal wieder zu sehen. Das letzte Mal war ja auf der Beerdigung. Und als Anna mich vor ein paar Jahren in London besucht hat. Aber sonst habe ich die beiden ja nie gesehen. Als wären sie von Kleinkindern direkt zu Erwachsenen geworden, ohne Kindheit dazwischen.«

Emma sah mich mit zusammengezogenen Augenbrauen an.

»Da ist vielleicht was Wahres dran«, sagte sie.

Da ich nicht verstand, was sie damit meinte, kommentierte ich es auch nicht.

»Nachdem Anna ausgezogen war, habe ich sie nur sporadisch zu Gesicht bekommen, oft mit langen Pausen dazwischen. Manchmal kam sie unangekündigt nach Hause, aber sie konnte auch monatelang weg sein, ohne sich zu melden. Darum war ich überrascht, als sie zur Beerdigung gekommen ist. Ich hatte das natürlich gehofft. Aber sie mochte Mama nicht sonderlich, und ich hätte es sogar verstanden, wenn sie nicht gekommen wäre. Aber vielleicht wollte sie es mit eigenen Augen sehen. Dass sie nicht mehr da war.« Emma lachte – ein kurzes, freudloses Lachen.

»Ich glaube, mir ist es so ähnlich gegangen. Menschen haben ja viele sonderbare Gründe, um auf Beerdigungen zu gehen. Ich glaube, ich hatte mir davon eine Art Abschluss erhofft.«

Ich verstummte, überrascht von meinen eigenen Worten. Mir war nicht bewusst, dass es mir so gegangen war.

»Darum bin ich gekommen, glaube ich. Aber es hat nicht geholfen. Ich weiß nicht, wie ich ernsthaft annehmen konnte, dass es das würde. Man ist für immer mit seiner Mutter verbunden. Mama und ich hatten uns ja schon Jahre nicht mehr gesehen. Das letzte Mal bei dir, vermute ich. Vielleicht an einem der Weihnachten, die wir zusammen gefeiert haben. Da hatte ich mich wie eine Unsichtbare gefühlt. Sie schien nicht im Geringsten an mir und meinem Leben interessiert. Heute weiß ich, dass sie die Bande schon viel früher gekappt hatte. Sie hatte keine Tochter mehr, ich aber nach wie vor eine Mutter. Und ich wurde aufs Neue daran erinnert, wie es ist, vollkommen ignoriert zu werden. Nicht zu existieren. Je mehr ich gegen meine Gefühle ankämpfte, desto stärker wurden sie. So wie jetzt, während wir darüber reden.« Ich kämpfte dagegen an, schluckte. Immer wieder.

»Du irrst dich Maria, du irrst dich gewaltig.«

Ich wollte nichts hören und gab dem Kellner ein Zeichen. Er kam sofort, und ich bezahlte trotz Emmas Protest.

»Das ist schon okay. Du kannst mich ja mal abends zum Essen einladen. Wollen wir hoch zur Kathedrale gehen?« Emma nickte.

Ich bin nicht religiös. Was nicht weiter überraschend ist, denn ich erinnere mich nicht, dass wir in meiner Kindheit jemals in einer Kirche gewesen sind oder auch nur über Religion gesprochen hätten. Ich wurde getauft, das schon. Es war eine Nottaufe, weil niemand wusste, ob Amanda und ich überleben würden. Aber ich bin nicht konfirmiert worden. Und wenn ich geheiratet hätte, wäre es keine kirchliche Hochzeit geworden. Aber diese schmucklose, karge Kirche, die tatsächlich »Kathedrale« genannt wird und über die ganze Stadt wacht, hoch oben über dem Zentrum, sie ist etwas Besonderes für mich. Wenn ich sie betrete, überkommt mich eine große Ruhe. Meistens ist sie leer, und nichts kann mich stören. Dort kann ich in mich gehen und gleichzeitig alles loslassen. Es ist schwer zu erklären. Ich habe so etwas bisher an keinem anderen Ort empfunden.

Darum hatte ich meine Zweifel, als ich mit Emma die schmalen Gassen nach oben ging. Ich war im Begriff, einen weiteren Ort mit ihr zu teilen, den ich am liebsten für mich behalten wollte. Sie würde sowieso nicht verstehen können, was er für mich bedeutete. Wir schlenderten ja nur ein bisschen durch die Stadt und dann zu einer Kirche.

Wir betraten das kühle Dunkel. Diese Kirche ist nicht besonders prunkvoll, und sie hat – soweit ich weiß – auch keinen größeren kulturhistorischen Wert, obwohl der Barockaltar eine geradezu groteske Pracht besitzt. Emma wollte die Kirche besichtigen. Ich setzte mich ans äußerste Ende einer der vorderen Bankreihen. In der Kirche war es dunkel, aber in den kleinen Seitenkapellen flackerten ein paar Kerzen, und es roch schwach nach Wachs. Ich schloss die Augen.

Als ich sie nach einer Weile wieder öffnete, stellte ich fest, dass ich allein war. Emma hatte die Kirche verlassen, ohne dass ich es bemerkt hatte.

Sie stand draußen, im strahlenden Sonnenschein an die weiße Mauer gelehnt. Ihr Kopf war leicht abgewandt, sie blickte aufs Meer. Und zum ersten Mal sah ich sie mit den Augen von jemandem, der ihr zum ersten Mal begegnete. Wir teilten eine lange Geschichte, obwohl wir uns nicht wirklich kannten. Uns waren Rollen in einem Stück zuge- wiesen worden, die wir eigentlich nie wirklich verstanden hatten. Wir hatten mitgespielt, Jahr für Jahr – zusammen, aber nicht gemeinsam. Unsere Vergangenheit verband uns unwiderruflich miteinander, ob wir das wollten oder nicht. Meine Sicht war all die Jahre getrübt gewesen. Aber als ich meine Schwester jetzt dastehen sah, vor dem intensiven Blau des Meeres, konnte ich sie zum ersten Mal so sehen, wie sie tatsächlich war.

Sie war nicht mehr jung. Sie war eine Frau mittleren Alters. Und sie war auch nicht mehr so schön. Als hätte etwas sie für immer verlassen. Nicht nur ihre Jugend, sondern ein Teil ihrer Persönlichkeit. Etwas, das sie früher ausgemacht hatte. Das ihr die stolze Haltung und selbstverständliche Ele- ganz verliehen hatte.

Diese Erkenntnis trieb mir die Tränen in die Augen.

Ich wollte nicht sehen, was das Leben Emma angetan hatte. Ich wollte unter keinen Umständen in etwas hineinge- zogen werden. Von ihren Bedürfnissen erfahren. Ich wollte überhaupt gar nichts mit ihr zu tun haben. Bevor sie hier bei mir in Cadaqués auftauchte, war ich der Überzeugung gewesen, dass durch den Tod meiner Mutter die letzte Verbindung zwischen uns aufgehört hatte zu existieren.

Und jetzt stand ich da und kämpfte gegen solche Gefühle an.

Sie schien mich bemerkt zu haben, denn sie drehte sich zu mir und winkte. Ich ging zu ihr und lehnte mich neben ihr gegen die Mauer.

»Ich mag Kirchen nicht«, sagte sie. »Darum bin ich auch rausgegangen. Das zieht mich da drinnen im Dunkeln immer so runter. Ich habe mir die Kunst angesehen, die Malereien und Skulpturen. Da ist kein einziger glücklicher Mensch dabei. Nur Trauer und Trübsal. Weinende Menschen, kämpfende Menschen. Leute, die sich gegenseitig umbringen oder quälen. Aber kein einziger glücklicher Mensch. Kein einziges Lächeln. Das halte ich nicht besonders gut aus.«

Das kam so unerwartet, dass ich nichts erwidern konnte. Ihre Worte passten genauso wenig zu ihr wie die abgebissenen Fingernägel und die Zigaretten. Es gelang mir nicht, das mit der Emma in Einklang zu bringen, an die ich mich erinnerte. Jene Emma, die stets jegliches Unbehagen sofort zerstreuen wollte. Alles sollte immer schön sein.

»Ich bin oft hier und lasse die Stille übernehmen«, sagte ich nach einer Weile. »Als würde ich mich selbst für eine Zeitlang beiseitelegen können. Mein ganzes Ich loslassen, alles, was ich mit mir herumschleppe. Und gleichzeitig komme ich in Kontakt mit etwas Ursprünglichem.«

Ich lachte verlegen. Warum erzählte ich ihr das bloß?

»Ich weiß nicht, wie ich es erklären soll. Das hat nichts mit Religion zu tun. Aber es hat mir geholfen.«

Emma musterte mich für einen kurzen Moment mit ihren blauen Augen.

»Ich beneide dich, Maria.«

*

Wir kauften auf dem Rückweg ein und waren gegen Mittag zurück. Emma bot an, einen Salat zu machen. Ich bedankte mich und ging nach oben, um mich an den Rechner zu setzen.

Sie stellt überhaupt keine Ansprüche. Sie ist ein schrecklich einfacher Gast. Trotzdem fühle ich mich von ihrer bloßen Anwesenheit überfallen. Sie beeinträchtigt mich, alles, was ich tue, alles, was ich denke, nur weil sie da ist. Ich wünschte mir, sie hätte sich nicht gemeldet. Oder ich hätte diese idiotische Einladung niemals ausgesprochen. Denn jetzt würde es auch nichts mehr nützen, wenn sie abreist. Es ist schon zu spät.

Ich starrte auf meine Worte, hörte Emma in der Küche arbeiten. Meine Schwester machte uns etwas zu essen. Ich sollte froh darüber sein, dass sie da war. Normalerweise sollten Geschwister Spaß miteinander haben und viel lachen. Aber wir beide bewegten uns wie auf sehr dünnem Eis, das bei dem kleinsten Fehltritt zu brechen drohte. Ging es nur mir so? Oder war es auch für Emma so qualvoll?

Ich klappte den Rechner zu und ging zu Emma in die Küche, um ihr zu helfen.

Nach dem Essen blieben wir oben auf der Dachterrasse sitzen, Emma hatte ihre schlanken weißen Beine in die Sonne gestreckt, ihr Oberkörper war im Schatten. Ich saß ganz im Schatten.

»Wie bekommst du die Zeit rum, wenn du hier allein bist?«

»Die Zeit vergeht doch sowieso?«

»Ach, komm schon, du weißt doch, wie ich das meine. Was tust du, wenn du nicht arbeitest? Ist es dir nicht zu einsam hier … und leer?«

Ich hatte bereits Schwierigkeiten damit, mein zielloses Dasein vor mir selbst zu verteidigen. Ich schämte mich wegen der Passivität meines Lebens. Umso schwerer war es, das vor Emma zu begründen. Plötzlich überkam mich eine unbändige Wut. Was hatte sie denn eigentlich mit meinem Leben zu tun?

»Wie ist es bei dir? Was machst du so?«, antwortete ich mit einer Gegenfrage. »Ich weiß ja gar nichts. Arbeitest du?«

Emma lag in der Sonnenliege und schloss die Augen, als würde die Sonne sie blenden, dabei lag sie im Schatten. Sie ließ sich Zeit mit ihrer Antwort. Dann drehte sie den Kopf zu mir und sah mich an.

»Du hattest ja immer Arbeit. Du hast die Jobs gewechselt, wie es dir gefiel, und musstest dir nie Sorgen machen.«

»Eine sonderbare Beschreibung meines Lebens. Aber klar, ich habe immer gearbeitet. Ich habe für mich selbst gesorgt, seit ich die Schule verlassen habe. Also, so weit stimmt es. Ob ich mir Sorgen gemacht habe, und wenn ja, worüber, das geht dich nichts an. Außerdem weißt du nichts von mir.«

Emma nickte langsam.

»Okay, es tut mir leid. Ich wollte dir nicht zu nahe treten. Aber, um deine Frage zu beantworten. Nein, ich arbeite nicht. Schon lange nicht mehr. Zuerst bin ich wegen der Kinder zu Hause geblieben, und später war es gar nicht so einfach, etwas zu finden. Mariefred ist ja auch nicht so groß. Wir sind wegen Olofs Job dorthin gezogen. Und es ist ja auch eine schöne Gegend für Kinder, um dort aufzuwachsen … Ja, und wir sind dageblieben.«

Ich wartete auf die Fortsetzung.

»Im Unterschied zu dir habe ich ja keine richtige Ausbildung. Papa fand es lächerlich, dass ich auf die Kunsthochschule gehen wollte.«

»Ich bitte dich, da warst du doch schon erwachsen! Das hättest du doch selbst entscheiden können?«

Emma zuckte mit den Schultern.

»So hat sich das aber nicht angefühlt. Ich habe eine einjährige kaufmännische Ausbildung gemacht. Wir wurden zu Sekretärinnen ausgebildet, nicht ahnend, dass es diesen Beruf in der Form bald gar nicht mehr geben würde. Aber das spielte keine Rolle, ich habe ja nur ein paar Jahre lang gearbeitet. Dann haben wir geheiratet und Kinder bekommen. Aber das weißt du ja alles.«

Unsere Unterhaltung lief in eine Richtung, die mir gar nicht gefiel. Ich wollte nicht über Emmas Leben sprechen. Und schon gar nicht über ihren Vater. Und auch nicht über sie und Olof. Darum gab ich ihr, worum sie mich gebeten hatte. Eine Beschreibung meiner einsamen Tage.

»Wie gesagt, ich arbeite vormittags ein bisschen. Dann nehme ich mir ein paar Stunden frei. An guten Tagen arbeite ich auch am Nachmittag noch mal. Und manchmal auch abends. Aber ich kann ja über meine Zeit bestimmen, darum nehme ich mir ab und zu einen Tag frei und gehe mit meinem Fernglas wandern. Die Vogelwelt hier ist vielfältig und interessant.«

»Das klingt sehr frei.«

»Das ist es auch. Vor allem im Moment. Ich arbeite an einem Aufsatz über Sprachgeschichte. Damit beschäftige ich mich schon seit Jahren. Vielleicht wird er aber auch nie fertig.«

Meine Worte überraschten mich. Ich hatte mich mit meiner Arbeit schon seit einer Ewigkeit nicht mehr beschäftigt. Zu meiner großen Erleichterung fragte Emma nicht nach.

»Hast du kein Auto?«

»Ich habe keines gebraucht. Aber ich werde sehen, wie es wird. Wenn ich hier wohnen bleibe.«

»Hattest du vor hierherzuziehen, als du das erste Mal hergekommen bist? Das ist ja auch schon ein paar Jahre her.«

Das war fast noch bedrohlicher. Worauf zielten ihre Fragen ab?

»Im Rückblick kann man nicht immer mit Sicherheit

sagen, was man gehofft oder gedacht hat. Und weißt du was, Emma, das Schwierigste ist, wenn sich ohne das eigene Zutun alle Lebensumstände verändern. Wenn nichts mehr so ist, wie zu dem Zeitpunkt, als man sich entschieden hat.«

Emma hatte die Augen geschlossen. Ich war mir nicht sicher, ob sie mir zuhörte. Aber dann fing sie plötzlich an zu reden.

»Erst vor Kurzem ist mir klar geworden, dass ich noch nie in meinem Leben etwas selbst entschieden habe. Kleinkram, natürlich. Unbedeutende, kleine Entscheidungen. Aber keine großen, lebensverändernden. Ich bin immer nur mitgeschwommen. Und habe dabei noch nicht einmal besonders viel empfunden. Vielleicht, weil die Erkenntnis zu schmerzhaft gewesen wäre, dass mein Leben von Entscheidungen anderer bestimmt ist. Als würde es mich gar geben.«

Emma hatte sich aufgesetzt und die Arme um die aufgestellten Knie geschlungen. Sie sah hinaus aufs Meer.

»Aber dann erkannte ich, dass es ja auch eine Entscheidung ist, *keine* Entscheidungen zu treffen. Sich zurückzuziehen. Die Verantwortung jemand anders zu übertragen.«

Sie drehte ihren Kopf und schaute mich an.

»Aber ich weiß auch nicht, wie man es macht. Die kleinste Entscheidung löst Panik in mir aus. Du hast keine Ahnung, wie schwer mir diese Mail an dich gefallen ist.«

Ich suchte verzweifelt nach Worten.

»Für dich, Maria, ist das wahrscheinlich unvorstellbar.«

Sie seufzte nicht, aber als sie ihren Blick wieder aufs Meer richtete, schien ihr ganzer Körper einen langen Seufzer auszustoßen.

Ich stand auf und stellte mich ans Geländer. Ich spürte das Metall unter meinen Händen, das die Sonne erwärmt hatte. Ich hatte nichts mehr zu sagen und fühlte mich befangen.

»Denkst du manchmal an Mama?«

Diese Frage kam völlig unerwartet. Warum hatte ich sie gestellt?

»Natürlich tue ich das, du nicht?«

Ich schüttelte den Kopf. »Nein, ich übe mich darin, es nicht zu tun.«

»Vielleicht ist es leichter für dich. Du warst ja auch nicht dabei.«

»Ach, sechzehn Jahre sind eine lange Zeit. Und ich war die ganze Zeit da. Meine gesamte Kindheit über.«

»Du warst da? Warst du wirklich da? Warst du jemals wirklich Teil unseres Lebens? Ich erinnere mich, wie ich dich vermisst habe, als du ausgezogen bist. Wie ich deine Nähe vermisst habe, obwohl du mich nie wahrgenommen hast. Mir hat es schon geholfen, wenn ich wusste, dass du im Zimmer nebenan geschlafen hast. Nachdem du weg warst, wurde das Licht weniger. Es wurde immer schwerer zu sehen. Und ich habe den Weg nicht mehr gefunden, keinen Ausweg gefunden. Und weißt du was, Maria, da wurde ich zu einer Gefangenen. Ich hatte die Kraft verloren, die Hoffnung, dem allen jemals entkommen zu können.«

Ich hörte, dass sie aufstand. Sie holte ihre Zigarettenschachtel raus und sah mich fragend an. Ich nickte, und sie zündete sich eine an. Dann nahm sie einen tiefen Zug. Ich konnte sehen, wie sie das entspannte. Oder tröstete. So standen wir, beide gegen das Geländer gelehnt.

»Das war natürlich nicht dein Fehler. Niemand ist an irgendetwas schuld, wenn man zurückblickt. Alles wird einfach zu dem, was es ist. Ein einziges hoffnungsloses Chaos. Und man kann nur am Rand sitzen, sich festklammern und hoffen, dass man irgendwann das große Bild erkennt. Einen Weg. Die Befreiung. Dass man es doch überleben wird. Dass es vorbeigeht. Dass es ein Ende hat.«

Sie blies den Rauch aus. Weißer dünner Qualm zog aus ihrem Mund und stieg nach oben. Ich konnte meine Augen nicht von ihr wenden. Das kurz geschnittene blonde Haar. Das klassische Profil, im Hintergrund der Nachmittagshimmel. Und dann der Zigarettenrauch. Für eine Sekunde wünschte ich mir meine Kamera zur Hand. Dann schämte ich mich.

Sie drückte die Zigarette am Geländer aus und fing an, die Teller und Gläser zusammenzustellen.

»Nimm nur das, was geht. Ich kann den Rest nehmen«, sagte ich. Sie nickte, erwiderte aber nichts. Und ging mit unsicheren Schritten zur Glastür.

Einen Augenblick lang wollte ich die Hand ausstrecken. Und sie bitten zu bleiben. Mit mir zu reden.

»Überleg dir vielleicht schon mal, ob du morgen Lust auf einen Spaziergang hast. Du musst das jetzt noch nicht entscheiden.«

Sie hielt mitten im Schritt inne. Dann drehte sie sich zu mir um.

»All das hier ist deins, Maria. Nicht wahr? Du hast es gefunden. Du hast dich dafür entschieden. Du bezahlst es. Es ist deins. Auch wenn du es nicht besitzt. Ist es doch deins.«

Das Geräusch einer Vespa, die unten auf der Straße vorbeifuhr, übertönte sie für einen Moment.

»Ich habe noch nie etwas gehabt, was meins war. Nichts. Ich frage mich, ob du das verstehen kannst. Wie es ist, nichts zu haben.«

Dann ging sie die Treppe hinunter.

*

In dem vergangenen Jahr habe ich gelernt, die Zeit verstreichen zu lassen. Die Stunden und Tage vorbeiziehen zu lassen und oft nicht einmal zu wissen, welcher Wochentag oder welche Woche war. Mir fiel es inzwischen leicht, die Tageszeit zu bestimmen. Ich benötigte nur einen kurzen Blick aufs Meer.

Ich weiß nicht mehr, was genau ich nach dem Mittagessen gemacht habe. Ich saß an meinem Laptop. Hörte Musik. Schrieb noch ein paar Zeilen in mein sonderbares Tagebuch. Beantwortete ein paar Mails. Als ich hochsah, war es schon später Nachmittag. Ich hatte Emma gehört, wie sie das Haus verließ, aber nicht, wie sie zurückgekommen war. Darum überraschte es mich, als ich ihre Stimme hörte. Ihre Stimme und die Stimme eines Mannes. Ich stand auf und ging ans

Fenster, das zum Hauseingang zeigte, konnte aber niemanden sehen. Dann wurde die Haustür geöffnet, und die Stimmen kamen aus der Küche.

Als Emma nach mir rief, kam ich mir auf einmal lächerlich vor. Als hätte ich mich versteckt. Schnell lief ich die Treppe hinunter.

Pau und Emma standen an der Spüle. Emma hatte die Kaffeemaschine eingeschaltet.

»Ich wollte euch fragen, ob ihr Lust habt, mit dem Boot eine Tour zu machen«, sagte Pau und küsste mich rechts und links auf die Wange. »Es muss bald aus dem Wasser, und ich dachte, vielleicht wäre es schön für Emma, ein bisschen was von der Küste zu sehen.«

Emmas Gesichtsausdruck war nicht zu deuten. Es fühlte sich komisch an, wieder mit Pau in meiner Küche zu stehen. Zum ersten Mal nach so langer Zeit. Mir gefiel es überhaupt nicht, dass ausgerechnet Emma ihn hereingebeten hatte.

»Was meinst du, Emma?« Ich hörte selbst, wie kurz angebunden meine Stimme klang, aber mir wollte weder mehr noch etwas anderes einfallen.

Sie zögerte auffallend lange, bis sie antwortete.

»Ach, ich weiß nicht. Ich will nicht, dass ihr euch verpflichtet fühlt, euch um mich zu kümmern. Ich finde es ganz toll, hier durch die Stadt zu schlendern ...«

»Aber das macht überhaupt keine Umstände. Sowohl das Boot als auch ich müssen noch ein letztes Mal rausfahren. Ihr könnt euch den Tag aussuchen. Wir können etwas zu essen mitnehmen und in einer Bucht den Anker werfen. Das

Wetter soll bis nach dem Wochenende so bleiben, glaube ich.«

Emma und ich sahen einander an. Ich fragte mich, was sie wohl dachte. Wägte sie auch ab? Der Vorteil, eine dritte Person dabeizuhaben und so den unangenehmen Gesprächen zu entgehen, gegen die Anstrengung, einen ganzen Tag lang ein normales Schwesternpaar vorspielen zu müssen.

»Ich finde, das klingt fantastisch«, sagte sie schließlich. Sie lächelte Pau freundlich an, und plötzlich war sie wieder meine hübsche kleine Schwester.

»Dann ist es abgemacht! Passt es euch übermorgen?«

Wir nickten. Und wir lächelten. Aber was wir wirklich dachten, behielten wir für uns.

*

Es war ein warmer Abend und ein schöner Sonnenuntergang. Wir hatten beschlossen, einen Spaziergang in die Stadt zu machen und dann in einem der Restaurants unten am Hafen essen zu gehen. Es war Freitag und viel voller. Die Touristen aus Barcelona und Girona waren übers Wochenende gekommen. Wir spazierten den Kai hinunter und weiter bis Punta des Bou Marí. Wir gingen langsam. Viele waren noch am Strand. Ein Paar badete eng umschlungen ein Stück weiter draußen. Zwei dunkle Köpfe, die nah beieinander auf der bewegten Wasseroberfläche schwebten.

»Mich lässt nicht los, was du vorhin gesagt hast. Dass du nie an Mama denkst«, sagte Emma plötzlich.

»Warum das denn? Ich meine, warum sollte ich an sie denken?«

»Vielleicht, weil sie immer an dich gedacht hat. Ich wurde immer mit dir verglichen.«

Ich lachte auf.

»Das musst du dir eingebildet haben.«

Sie blieb abrupt stehen.

»Mein ganzes Leben lang sagen mir das die Leute, Maria. Ich will nicht, dass du das auch tust. Ich habe es mir nicht eingebildet. Ich weiß es. Im Gegensatz zu dir war ich nämlich immer da. Ich habe mein ganzes Leben in der Nähe von Mama gelebt. Und ich war auch da, als sie erkannte, dass sie sterben wird. Ich weiß, dass sie an dich gedacht hat.«

Ich wurde langsamer, ging aber weiter, ohne mich umzusehen.

»Aber du weißt eben nicht, was sie wirklich gedacht hat«, sagte ich über die Schulter zu ihr. »Was die Leute sagen, was sie denken und was sie wirklich denken, sind oft vollkommen verschiedene Dinge. Ich glaube auch nicht daran, dass wir unsere Gedanken steuern können, obwohl ich mir das wünsche. Wenn du also sagst, dass Mama an mich gedacht hat, wissen wir beide nicht, was sie tatsächlich gedacht hat. Außerdem ist es ja nicht zwingend positiv, wenn man an einen anderen Menschen denkt.«

Emma antwortete nicht, aber sie hatte mich wieder eingeholt.

»Hast du denn keine einzige positive Erinnerung an Mama?«

Jetzt schwieg ich.

»Wenigstens von früher? Als ihr noch klein wart, Amanda und du?«

Ich blieb abrupt stehen und sah ihr ins Gesicht.

»Nein, habe ich gesagt. Ich vermeide die Erinnerungen, weil sie schmerzhaft sind. Ich erinnere mich hauptsächlich an Mangel. Meine hoffnungslose Sehnsucht nach Nähe. Nach Liebe. Oder wenigstens ein bisschen Aufmerksamkeit. Aber Mama hat in einer Welt gelebt, in der nur Platz für sie selbst war. Wir anderen waren nur Requisiten. Wir waren nur so lange von Interesse, wie sie Verwendung für uns hatte. Ich weiß nicht, vielleicht haben Amanda und ich am Anfang eines ihrer Bedürfnisse befriedigt. Ich habe Fotos von uns gesehen, als wir noch klein waren. Hübsch angezogen, gekämmt, wie für eine Ausstellung. Um bewundert zu werden, oder so. Als Puppen und Schmuckstücke. Vielleicht war Papa auch nur so ein Accessoire. Zumindest war seine unendliche, unerwiderte Liebe das. Vielleicht gelang es uns eine Zeitlang, wie eine kleine glückliche Familie auszusehen. Aber daran erinnere ich mich nicht. Und wie du weißt, war Mamas Interesse von flüchtiger Natur. Ich habe ja mitgekriegt, wie es losging, als du auf die Welt kamst. Wie schön alles sein sollte. Geld war ja dann auch genug da. Aber ich habe, glaube ich, bald erkannt, wie schnell ihr Interesse wieder abnahm. Wie schnell die Streitereien wieder anfingen. Und wie kurz darauf dein Vater anfing, mich so anzusehen. Wie er in mein Zimmer kam und sich auf meine Bettkante setzte, um mir Gute Nacht zu sagen. Seine ekelhaften Tränen und sein Flehen nach ein bisschen Trost in der Einsamkeit. Seine feuchten Küsse. Das war widerlich.«

Ich bekam keine Luft mehr. Genau davor hatte ich Angst. Hatte entschieden, es um jeden Preis zu verhindern.

»Bevor du dazukamst, sind Amanda und ich gut zurechtgekommen. Wir waren allein, aber wir hatten einander. Und wir hatten unseren Papa. Und ein paar Jahre lang auch einen Opa. Wir waren in den Sommerferien bei ihm in Dalarna. Es gab also Lichtblicke. Aber dann wurde es schnell dunkel.«

»Ich fand, dass es immer hell und leuchtend war, wenn ich mit dir und Amanda zusammen war.«

»Wenn ich an diese Zeit zurückdenke – und ich hatte gehofft, mir würde das für immer erspart bleiben –, erkenne ich schon auch Zusammenhänge, die ich damals nicht sehen konnte. Ich sehe jetzt, wie klein und unschuldig du eigentlich gewesen bist. Und dass du es genauso schwer hattest wie Amanda und ich. Wahrscheinlich sogar noch schwerer. Einsamer. Ich sehe und weiß das alles, aber es ändert nichts. Ich kann meine Gefühle nicht ändern.«

Ich konnte nicht aufhören zu sprechen. Als würde ein einziger endloser Verteidigungsschwall aus mir strömen. Aber Emma zeigte keine Gegenwehr. Kein Kommentar, keine Fragen. Gar keine Reaktion. Also fuhr ich fort.

»Mama hat niemand anders gesehen als sich selbst. Wir anderen waren nur für sie da. Und nur solange sie uns brauchte. Es ging immer nur um sie. Um ihre Bedürfnisse. Und die wurden nie durch das gestillt, was sie gerade hatte. Sie war rastlos. Wanderte von Ort zu Ort. Von Mann zu

Mann. Wir lagen verstreut am Wegesrand. Alle, für die sie keine Verwendung mehr hatte. Du und ich. Dein Vater und meiner. Und all die anderen Männer. Wir alle lagen dort. Und die Liebe, die sie nicht annehmen konnte oder wollte. Ihre rastlose Jagd hörte erst mit ihrem Tod auf.«

Wir gingen schweigend weiter.

»Solange Amanda an meiner Seite war, bin ich damit zurechtgekommen. Wir hatten etwas für die Ewigkeit. Nichts und niemand konnte unsere Liebe gefährden. Aber dann … ja, dann musste ich erkennen, dass nichts für die Ewigkeit bestimmt ist.«

Emma blieb stehen und legte ihre Hand auf meinen Arm.

»Du hast doch selbst gesagt, dass wir oft gar nicht wissen, was wir denken, Maria. Und vielleicht sind wir uns unserer Gefühle noch viel weniger bewusst? Wodurch sie ausgelöst werden. Wir haben beide ein Bild von Mama. Aber eben nur ein Bild von außen. Aus unserer Perspektive. Vielleicht sind wir genau so egoistisch wie sie? Wir sind so voll mit unseren unerfüllten Bedürfnissen, dass wir sie gar nicht als Mensch sehen können? Wir beide wissen nichts von ihren geheimsten Gedanken und Gefühlen. Von ihren Träumen. Und wie du gesagt hast, vielleicht kannte sie die nicht einmal selbst. Oder konnte sie steuern.«

Emma sprach so leise, dass ich ganz nah bei ihr stehen bleiben musste, um sie verstehen zu können.

»Vielleicht war Mama genauso unglücklich wie wir.«

»Aber wir waren ihre Kinder, Emma. Wir brauchten sie. Stattdessen hat sie in uns nur etwas gesehen, was sie für sich nutzen konnte. Für eine kurze Zeit lang. Bis sie zum Nächsten jagte.«

Zu meinem Entsetzen stellte ich fest, dass ich weinte. Ich musste meine ganze Kraft aufbringen, die Schluchzer zurückzuhalten.

Emma streichelte mir über den Arm.

»Ich finde, wir sollten umdrehen«, sagte sie.

Wir gingen denselben Weg schweigend wieder zurück. Ich verlangsamte mein Tempo, als ich bemerkte, dass Emma nicht so schnell hinterherkam. Da ich keinen anderen Sport machte, versuchte ich immer, so stramm wie möglich zu gehen. Außerdem musste ich ja auch auf niemanden Rücksicht nehmen, und so hatte ich mir das schnelle Tempo angewöhnt. Ich wunderte mich darüber, dass Emma langsamer gehen musste, aber da sie nichts sagte, fragte ich auch nicht nach.

Erst nach dem Essen, als wir uns Kaffee bestellt hatten, ging es wieder um unsere Mutter. Emma holte einen Umschlag aus ihrer Handtasche und legte ihn auf den Tisch.

»Du hast ja sehr deutlich gesagt, dass du nichts von Mama haben willst. Ich habe mir auch nur ein paar Kleinigkeiten genommen. Weder Anna noch Jakob wollten etwas haben. Den Rest habe ich verkauft oder weggeworfen. Viel wert war es nicht. Aber das hier habe ich für dich mitgenommen.«

Sie schob den Umschlag über den Tisch zu mir.

Es war ein mittelgroßer, nicht besonders dicker brauner Umschlag. Ich hatte keine Ahnung, was darin sein könnte. Und ich wollte es auch nicht wissen.

»Ich hab doch gesagt, dass ich nichts haben will.«

»Mach damit, was du willst. Du kannst ihn ja auch ungeöffnet wegwerfen ...«

»Es wäre besser gewesen, wenn ich ihn gar nicht erst bekommen hätte.«

»Ich habe das mitgenommen, weil ich finde, dass du es haben solltest. Kann sein, dass du das jetzt nicht so siehst. Aber vielleicht später. Ich fand, du solltest es haben.«

Unwillig nahm ich den Umschlag an mich und stopfte ihn in meine Tasche.

Als wir nach Hause kamen, gingen wir direkt auf die Dachterrasse. Es war ein sternenklarer Himmel, ich machte kein Licht. Schweigend saßen wir auf unseren Liegestühlen, die Beine in Decken gehüllt.

»Es wäre mir leichter gefallen, wenn Olof mich wegen einer anderen Frau verlassen hätte«, sagte Emma unvermittelt. »Wenn er jemanden kennengelernt hätte. Jemanden, den er haben wollte. Aber es war nur so, dass er mich nicht mehr haben wollte. Für keinen von uns endete es positiv.«

In dem langen Schweigen, das folgte, hörten wir das Meer, ein unendliches, trostspendendes Atmen.

»Und was ist mit dir? Wolltest du weitermachen?«

Ich spürte, dass sie mich von der Seite ansah.

»Ich habe mich auf den ersten Blick in Olof verliebt. Als du ihn mit nach Hause gebracht hast, in dem Herbst, bevor Amanda starb.«

»Aber du warst damals doch noch ein Kind.« Ich hörte selbst, wie skeptisch und herablassend das klang.

»Kinder können doch genauso lieben wie Erwachsene. Vielleicht sogar stärker. Tiefer und stärker. Und beständiger. Zumindest war das bei mir so.«

Sie wickelte sich die Decke ganz um den Körper. »Es war ein Wunder.«

Ich sah sie fragend an.

»Zuerst war es natürliche eine Tragödie. Eine Tragödie in Etappen. Zuerst Amandas Tod. Die unfassbare, alles überschattende Tragödie. Dann bist du ganz allmählich verschwunden. Zu Olof. Nicht Knall auf Fall. Zuerst warst du nur für ein paar Tage dort. Dann wurden daraus Wochen. Bis ich einsehen musste, dass du nicht mehr zu Hause wohnst. Aber ich habe euch ja wenigstens ab und zu mal gesehen, Olof und dich. Und ich wusste, dass du noch in der Stadt wohnst. Es war zwar etwas anderes, als zu wissen, dass du nebenan schläfst. Aber es war besser als gar nichts. Du warst da, ich konnte dir theoretisch über den Weg laufen. Der letzte Funken Hoffnung starb, als du Olof verlassen hast und weggezogen bist. Da begriff ich, dass ich alle verloren hatte, die ich je geliebt hatte. Amanda. Dich. Und Olof. Ich wusste nicht, wie ich das überleben sollte. Als hättest du alles mitgenommen. Es wurde auf einmal ganz still in meiner Welt. Das Einzige, was ich hörte, war Streit. Als ob ich das vorher nie gehört hätte. Aber jetzt füllte es die ganze Wohnung aus, und ich konnte nicht entkommen.«

»Ich habe sie immer gehört. Und danach gab es immer die Besuche in meinem Schlafzimmer.«

»Du hattest mich, Maria. Ich habe *dich* gesehen. Auch

wenn dir das nichts bedeutet hat, ich war immer da. Aber ich war zu klein, um alles zu sehen.«

Ich erinnerte mich, dass sie oft an meinem Bett gestanden hatte. Still und ernst in ihrem zerknitterten Nachthemd, ihren einbeinigen Teddybär im Arm. Ich erinnerte mich auch, dass sie nie zu mir ins Bett kriechen durfte und dass ich ihr oft den Rücken zudrehte, bis sie wieder in ihr Zimmer gegangen war. Aber daran wollte ich mich nicht erinnern.

»Darum war es ein Wunder, als Olof in mein Leben zurückkehrte. So viel Zeit war vergangen. So viele Jahre. Er hatte seinen Militärdienst absolviert und studierte in Uppsala. Während ich genau genommen gar nichts machte. Zumindest fühlte es sich so an. Aber eines Tages war er da und hielt mir die Tür zum wirklichen Leben auf. Und endlich konnte ich eintreten. Oder hinaus – vielleicht. Raus ins Leben. Nicht unbedingt ein Teil davon werden, aber zumindest davon umgeben sein. Ich war so glücklich, einfach nur dabei sein zu können.«

Ich musste daran denken, wie das alles für mich gewesen war. Für mich hatte Olof nicht das wahre Leben bedeutet. Eher das Gegenteil. Er hatte dem wirklichen Leben im Weg gestanden. Jenem Leben, das ich leben wollte. Seine Liebe und seine Erwartungen hatten alles blockiert. Und es wurde noch schlimmer, nachdem ich bei ihm und seiner Familie eingezogen war. Seine verständnisvollen und liebevollen Eltern. Seine netten Brüder. Ich war umgeben von Wärme. Und ich erinnere mich genau, wie mich das zu erdrücken drohte.

»Am Anfang hatte ich mir nur gewünscht, dass er in meiner Nähe blieb. Dass ich ihn sehen konnte. Ihn reden hören konnte. Es überstieg meine Vorstellungskraft, dass er sich in mich verlieben könnte. Für mich gehörte er immer noch zu dir, Maria. Und obwohl wir nie über dich gesprochen haben, warst du immer da, zwischen uns. Zumindest für mich. Wahrscheinlich habe ich niemals aufgehört, es so zu empfinden. Und darum konnte Olof nie wirklich mir gehören. Was total lächerlich klingt, ich weiß. Kein Mensch gehört irgendjemandem. Aber du weißt, wie ich das meine. Ich konnte einfach nicht glauben, dass er mich liebt. Vielleicht ging seine Liebe daran zugrunde? Weil ich nie daran geglaubt habe?«

Es klang, als suchte sie nach Antworten auf ihre Fragen, aber ich konnte ihr keine geben. Der Olof von damals hatte nichts mit dem Mann gemeinsam, dem ich später als Emmas Mann und Vater ihrer Kinder begegnet bin. Ich war mir nicht einmal mehr sicher, was ich überhaupt für ihn empfunden hatte. Ob ich etwas anderes empfunden hatte als das starke Bedürfnis, von zu Hause zu fliehen. Auf der Jagd nach Geborgenheit. Vielleicht war es nie mehr gewesen als das. Und vielleicht wurde es deshalb unerträglich, als ich begriff, was von mir erwartet wurde.

»Ich weiß nicht, ob wir für die Liebe verantwortlich sind, die wir bekommen. Ich glaube, so funktioniert das nicht. Die Liebe ist nicht gerecht. Man bekommt nicht im gleichen Verhältnis zurück, wie man gibt.«

»Das mag sein. Aber vielleicht muss man erst einmal

71

lernen, Liebe anzunehmen? Sie nicht als unzureichend zurückzuweisen? Außerdem ist es schwer, sich seiner Gefühle sicher zu sein. Vielleicht habe ich nur Angst davor, ab jetzt mein eigenes Leben zu leben? Vielleicht spüre ich nicht Trauer, sondern Angst?«

Ich hörte, dass sie weinte.

»Das ist doch ganz normal. Es ist ja auch beängstigend, wenn man sich eingestehen muss, dass man einsam ist. Aber ich frage mich, wie groß die Illusion von Geborgenheit in einer Beziehung sein kann? Wir können alle jederzeit alles verlieren. Wir müssen damit zurechtkommen, allein und einsam zu sein.«

»Ich habe vor so vielen Dingen Angst, Maria. Und gar nicht nur um meinetwillen. Ich habe Angst um meine Kinder. Anna lebt in London. Ich weiß, dass es gut für sie läuft. Sie arbeitet als Grafikerin in einem Büro, und man kann sich ihre Arbeiten im Netz ansehen. Aber seit sie vierzehn ist, leidet sie an Essstörungen. Du weißt ja, wie sie bei der Beerdigung ausgesehen hat. Es ist noch schlimmer geworden. Es gab Hochs und Tiefs in den letzten Jahren. Im Moment geht es eher nach unten. Sie selbst spricht es nie an, und ich kann sie nicht danach fragen. Jakob studiert Wirtschaft in Stockholm. Das läuft eigentlich ganz gut, aber er ist ziemlich einsam. Er hat sich schon in der Schule schwer getan, Freunde zu finden, und wurde gemobbt. Manchmal frage ich mich, ob ich ein schlechtes Vorbild in Sachen Beziehung gewesen bin und sie darum so geworden sind.«

»Ich kenne mich mit Kindern nicht aus. Und auch nicht

mit Beziehungen. Ich weiß nicht, wie groß der Einfluss von den Eltern ist. Gerne würde ich daran glauben, dass er nicht so groß ist. Dass wir uns als Erwachsene weiterentwickeln und die Lücken auffüllen können, die in unserer Kindheit entstanden sind. Aber ich weiß es nicht. Wenn es mir gut geht, will ich daran glauben. Dass es meine Entscheidung ist, wie ich mich wahrnehme. Mich, mein Leben und meine Umwelt. Ich finde, ich habe viel gekämpft, schon von klein an. Ich wollte nicht so werden wie Mama. Am Ende habe ich erkannt, dass ich auch nicht Mutter werden wollte. Ich fühlte mich nie sicher genug, um diese übergroße Aufgabe zu bewältigen.«

Emma stand auf. Vorsichtig legte sie eine Hand auf meinen Kopf. Kein Streicheln, kaum eine Berührung. Aber die Geste traf mich mit unerwarteter Wucht.

»Vielleicht sind wir uns doch ähnlicher, als wir jemals gedacht haben«, sagte sie. »Gute Nacht, Maria. Träum was Schönes.«

Dann ging sie ins Haus.

DRITTER TAG

Ich hatte von Amanda geträumt. Aber obwohl ich mit geschlossenen Augen ganz still liegen blieb und versuchte, den Traum festzuhalten, verblasste er unerbittlich. Sie hatte mich umarmt, und ich hatte ihren warmen Atem an meinem Hals gespürt. Aber was sie mir ins Ohr geflüstert hatte, war verloren. Ich dachte mittlerweile nur selten an sie. Aber ich spürte ihre Nähe wie einen Teil von meinem Körper. Sie war ein Teil von mir. Es kam immer wieder vor, dass ich von einer unsäglichen Trauer befallen wurde, weil es sie nicht mehr gab. Ich wurde von einer großen Sehnsucht nach ihrer Stimme, ihrem Geruch gepackt. Sehnsucht danach, von ihren Gedanken und Ideen überrascht zu werden. Aber die Amanda in mir war nur noch ein Produkt meiner Erinnerung und dessen, was ich hinzugefügt hatte.

Es war noch früh, die Sonne nicht mehr als eine schwache Andeutung im Osten. Ich wickelte die Decke um mich und setzte mich auf einen der Sonnenstühle. Überall lag Tau, und die Stadt war noch ganz still.

Manchmal fühlte ich mich auch hier außen vor. Als würde der Ort sich zurückziehen und mich nicht dabeihaben wollen. Oder es lag an mir, weil ich mich nicht voll auf den Ort einlassen konnte. Vielleicht hatte ich Angst, mich hinzugeben. Nicht nur in Beziehungen zu Menschen, sondern auch zu Orten. Ich kann mich nicht daran erinnern, mich an irgendeinem Ort jemals wirklich zu Hause gefühlt zu haben. Wenn ich manchmal von Leuten und deren Beziehung zu bestimmten Orten lese, empfinde ich eine große Traurigkeit, weil ich so einen Ort nicht habe. Und auch keine solche Beziehung.

Ich war so voller Hoffnung gewesen, als wir das Haus entdeckten und uns vorstellten, wie es wäre, dort zu leben. Jetzt werde ich niemals erfahren, wie es mir ergangen wäre, wäre alles nach Plan gelaufen. Ich muss mich mit der Ruhe zufriedengeben, die ich hier erfahre.

Ich denke an Amanda. Sie war sechzehn, als ich sie das letzte Mal gesehen habe. Da ich sie aber dennoch ständig mit mir herumtrage, stelle ich mir vor, dass sie sich in etwa so entwickelt hätte wie ich. Was eine ziemlich bizarre Vorstellung ist. Ich gehe davon aus, dass wir tatsächlich zwei Seiten ein und desselben Individuums waren. Aber das stimmt natürlich nicht. Amanda ist nie so gewesen wie ich. Nur rein äußerlich glichen wir einander, eineiige Zwillinge von irreführender Ähnlichkeit. Vermutlich würden wir auch heute noch ziemlich ähnlich aussehen. Aber Amandas Leben hätte sich anders entwickelt. Und meines wäre dann wahrscheinlich auch nicht so, wie es jetzt war. Es ist unmöglich, sich all das vorzustellen, was niemals geworden ist.

Ich stand auf und ging hinunter in die Küche. Ich ertappte mich dabei, dass ich Emma wieder so früh erwartet hatte, aber es gab keine Anzeichen dafür, dass sie schon wach war, und ich nahm an, dass sie noch schlief. Ich machte Kaffee und öffnete die Tür in den Garten. Genau genommen ist es gar kein Garten. Nur ein kleiner gepflasterter Hof, der von einer hohen Mauer zur einen Seite und von der Hauswand auf der anderen Seite begrenzt wird. Ich halte mich selten hier auf, aber aus einem mir unerfindlichen Grund setzte ich mich nun mit meinem Kaffee an den kleinen runden Tisch. Überrascht stellte ich fest, dass ich mich darauf freute, Emma zu sehen.

Aber Emma ließ auf sich warten, und am Ende ging ich mich duschen und anziehen. Die Sonne war aufgegangen, als ich in die Küche zurückkam. Es würde wieder ein schöner Tag werden. Ich überlegte, ob ich Brot kaufen gehen sollte, als ich hörte, wie Emmas Schlafzimmertür geöffnet wurde. Sie sah müde aus, als hätte sie eine schlaflose Nacht hinter sich.

»Guten Morgen«, sagte sie und kam langsam auf mich zu. Sie war barfuß und trug einen weißen Bademantel. Der hing lose an ihrem dünnen Körper, und ihr kurzes Haar klebte am Kopf, kurz hatte ich die Vision einer Krankenhauspatientin. Ich goss ihr einen Kaffee ein. Sie nahm den Becher, ging langsam in den kleinen Garten und setzte sich an den Tisch. Ich setzte mich zu ihr.

»Das wird ein schöner Tag heute«, sagte ich, um irgendetwas zu sagen. Emma antwortete nicht.

»Was hältst du von einem Spaziergang zu Port Lligat? Wir könnten Salvador Dalís Haus besichtigen. Ich bin schon dort gewesen, aber jedes Mal entdecke ich etwas Neues. Ich kann anrufen und fragen, ob sie eine Tour anbieten, bei der wir uns anmelden können.«

Emma hatte sich eine Zigarette angezündet. Nachdenklich sah sie mich an.

»Meinetwegen müssen wir überhaupt nichts unternehmen, Maria. Wie du vielleicht bemerkt hast, bin ich nicht in bester Verfassung.«

»Aber es ist nur eine ganz kurze Strecke, vielleicht eine Viertelstunde. Nur den kleinen Hügel hier hinauf und auf der anderen Seite runter ins nächste Tal. Da ist ein Weg, und wir können uns Zeit lassen. Ich glaube, das wird dir gefallen.«

Ihre Antwort kam nicht sofort.

»Ich bin krank gewesen«, sagte sie schließlich. »Ich kann nicht mehr so viel wie früher. Zumindest im Moment nicht.«

»Das tut mir leid. Davon wusste ich nichts. Willst du es mir erzählen?«

Sie schüttelte den Kopf.

»Natürlich wusstest du nichts davon. Mir geht es schon wieder viel besser. Aber ich möchte am liebsten nicht darüber sprechen. Ich fand nur, dass ich dir erklären sollte, warum ich so langsam bin. Aber einen kurzen Spaziergang schaffe ich. Du musst ja nicht in meinem Tempo gehen.«

Seit ich sie aus dem Bus hatte steigen sehen, war ich überrascht, wie sehr sie sich verändert hatte. Ich hatte keine Ahnung, was mit ihr los war. Aber ich war erleichtert, dass sie mir eine Art Erklärung gab. Auch wenn sie nicht viel gesagt hatte. Ich spürte, dass ich keine weiteren Fragen stellen sollte. Sie legte die Bedingungen fest.

»Natürlich gehen wir zusammen.«

*

Nachdem wir den steilen Anstieg geschafft und den Bergkamm erreicht hatten, wollten wir die kleine weiße Kapelle besichtigen. Die Tür zum Friedhof stand offen, aber Emma schüttelte den Kopf.

»Nein danke. Nicht für mich. Aber in die Kapelle komme ich gerne mit.«

Ich weiß nicht, warum, aber meine Faszination für religiöse Bauten jeder Art nimmt zu. Vielleicht suche ich in ihnen nach etwas. Und besonders diese kleine, weiß gekalkte Kapelle hat mich vom ersten Augenblick an tief berührt. Unter Umständen sogar mehr als die Kathedrale in der Stadt. Ich weiß nicht, ob die Kapelle noch benutzt wird. Sie ist immer sauber und aufgeräumt, als würde sich jemand um sie kümmern. Die weißen Wände sind fast schmucklos. Der ganze Kirchenraum ist schlicht und kahl. Wir setzten uns auf eine der Bänke.

»Es ist so hell«, sagte Emma. »Hier könnte sogar ich ein wenig zur Ruhe kommen.«

Und es gelang uns beiden tatsächlich, ein bisschen zur Ruhe zu kommen, denn wir blieben eine ganze Weile in dem kühlen hellen Raum sitzen.

Auf dem Rückweg blieben wir immer wieder stehen, um die Aussicht zu genießen. Kaum zu glauben, dass es schon Oktober war. Kleine weiße Segelboote zogen weit unten über das glitzernde Meer, und das graugrüne Blattwerk der Olivenbäume spendete uns Schatten. Emma hatte sich mit den Händen an der Mauer abgestützt, die den Weg säumte.

»Ich kann verstehen, dass er hier leben wollte.«

»Wer?«

»Na, Salvador Dalí, natürlich. Das ist doch sein Haus dort unten?«

Sie zeigte auf ein weißes Haus in der Bucht. Genau genommen handelte es sich nicht um ein einzelnes Haus, sondern um mehrere kleine Häuschen, die ineinander verschachtelt waren. Ich hatte die Anlage oft mit Sundborn verglichen, dem Anwesen von Carl Larsson. Das war auch ein Wohnsitz, der organisch und je nach Bedarf hatte wachsen dürfen – ein Ort, an dem Ideen umgesetzt werden konnten. Das Ergebnis unterschiedlichster Investitionen: kreativer, praktischer, ökonomischer. Und Ausdruck der Persönlichkeit seines Besitzers. So weit von meiner eigenen Unterkunft entfernt, wie es nur möglich war.

Unser Guide war ein kundiger und sympathischer junger Mann, und die Gruppe von Besuchern war sehr an seinem Wissen interessiert. Mir selbst fiel es allerdings schwer, Interesse aufzubringen. Der Raum wirkte blasser und verstaubter als bei meinen früheren Besuchen. Das stimmte mich traurig. Nachdem wir die offen zugänglichen Bereiche des Hauses besichtigt hatten, durften wir den Garten auf eigene Faust erkunden. Wir stiegen auf den Hügel und betraten das kleine Haus, das dort oben stand. Auf einer der weißen Steinwände lief ein Schwarz-Weiß-Film, an der gegenüberliegenden Wand waren Stühle aufgereiht. Wir setzten uns. Der Film zeigte kurze Ausschnitte aus Dalís Leben sowie Interviews mit ihm. Mir fiel auf, dass seine stets anwesende Ehefrau kein einziges Wort sagte. Gleichzeitig hatte sie eine so starke Präsenz in diesem Haus. Und in Dalís Kunst. Aber vielleicht musste das einfach so sein. Eine Muse musste sich vielleicht hinter ihrem geheimnisvollen Lächeln etwas Mystisches bewahren. Und wer wusste schon, wie ihr Umgang miteinander aussah, wenn sie allein waren, ohne Publikum.

Als wir aus dem Halbdunkel nach draußen traten, blendete uns das Licht, und Emma setzte ihre Sonnenbrille auf.

»Hast du gehört, was er da erzählt hat? Von seinem verstorbenen Bruder? Von einem Bruder, den er nie kennengelernt hat, aber dessen Namen er übernehmen musste. Dass er in seiner Kindheit immer das Gefühl hatte, seine Eltern würden sich eigentlich an den Bruder wenden, wenn sie seinen Namen sagten? Dass sie das verlorene Kind in dem lebenden weiterliebten. Und wie er später gezwungen war, den Bruder in sich zu töten, um leben zu können.«

Emma wirkte mitgenommen.

»Mir ist der Gedanke gekommen, dass vielleicht auch ich

zu Mamas einzigem Kind wurde. Dass aus mir, Emma, wir drei wurden. Und ich nie wirklich erlebt habe, dass es mich gibt.«

Sie lächelte mich verlegen an.

»Was für einen Unsinn ich rede… Aber mich hat das mit dem Bruder so berührt. Ich finde, wir gehen jetzt etwas essen.«

»Ja, es ist Mittagszeit, absolut. Hier ganz in der Nähe gibt es einen kleinen Laden. Einfach, aber der gegrillte Fisch ist sehr gut.«

Langsam schlenderten wir am Meer entlang, und plötzlich schob Emma ihren Arm in meinen. Ich war mir nicht sicher, ob sie mich als Stütze brauchte oder ob es einen anderen Grund dafür gab. Aber ich ließ es geschehen.

Wir aßen Garnelen, Tintenfische und Heilbutt und tranken dazu den weißen Hauswein.

»Es ist sonderbar, mitten am Tag Wein zu trinken.« Emma hob ihr Glas und prostete mir zu. »Ungewohnt. Und herrlich.«

Der freundliche Besitzer des Restaurants lief zwischen den Tischen hindurch und unterhielt sich mit den Gästen. Er erkannte mich, lächelte mir zu und kam zu uns. Maya und ich hatten oft hier gegessen. Aber das war lange her.

»Ich habe heute meine Schwester dabei«, sagte ich und stellte die beiden einander vor. »Emma ist für ein paar Tage zu Besuch.«

Marcello wandte sich an Emma und stellte ihr ein paar höfliche Fragen. Emma lächelte und sah auf einmal viel entspannter aus. Als würde sie über eine soziale Seite verfügen, die sie nach Belieben an- und ausschalten konnte. Jemand, der ganz anders war als die private Emma. Ich beobachtete sie dabei, wie sie unbeschwert plauderte und gestikulierte, und registrierte auch Marcellos Begeisterung.

»Ich hoffe, deine Schwester findet es hier genauso schön wie du, Maria. Damit sie wiederkommt. Ich hoffe, dass ich euch beide bald wiedersehen werde.«

Ich nickte nur.

Der Heimweg fiel Emma leichter, aber als wir zu Hause ankamen, zog sie sich zurück, um sich auszuruhen. Ich ging nach oben und setzte mich an den Rechner.

Dritter Tag. Ich weiß nach wie vor nicht viel über Emma, außer das mit Olof. Und dass sie krank gewesen ist. Aber gleichzeitig ist es, als hätte sie gar nichts erzählt. Oder ich höre nicht richtig zu. Vielleicht will ich es auch gar nicht wissen. Und ich selbst vermeide nach wie vor, etwas von mir zu erzählen. Das geht so lala. Manchmal sprudelt was gegen meinen Willen aus mir heraus. Ich weiß nicht, was Emma hören will. Ob sie überhaupt etwas hören will. Oder ob sie selbst das Bedürfnis hat zu erzählen. Der Traum von Amanda hat mich den ganzen Tag begleitet. Vielleicht zeigt Emmas Anwesenheit schon Einfluss auf mich.

Ich schloss das Dokument. Und plötzlich konnte ich die Tränen nicht mehr zurückhalten. Sie überwältigten mich regelrecht. Ich ging hinaus auf die Terrasse und zog die Schiebetür hinter mir zu.

Und dann stand ich dort und weinte. Als würde es niemals aufhören. Die Tränen liefen, die Nase auch. Ich schniefte unkontrolliert.

Es dauerte sehr lange, bis ich mich wieder beruhigt hatte. Ich setzte mich auf einen der Stühle, zog die Knie an die Brust und schlug die Arme um die Beine. Machte mich ganz klein. Als würde ich mich beschützen wollen.

Mein Blick ruhte auf der mir so bekannten Aussicht. Und ich dachte an meinen ersten Tag in diesem Haus. Es ist sonderbar, dass man sich ans Glücklichsein erinnern kann, es einem aber unmöglich ist, dieses Gefühl wieder heraufzubeschwören. Mit Trauer verhält es sich anders. Die Erinnerung an Trauer ist immer von dem Gefühl begleitet. Ich erinnere mich an unseren ersten Schritt ins Haus. Wir strichen ganz langsam durch die Zimmer, erkundeten alle drei Stockwerke. Am Ende standen wir auf der Dachterrasse, Seite an Seite. Ich erinnere mich, dass ich glücklich war. Aber die Erinnerung machte mich nur traurig.

Ich musste in dieser Position eingeschlafen sein, denn ich wachte ruckartig auf, als Emma auf die Terrasse kam. Sie hatte ein Tablett mit Kaffee, Bechern und Keksen dabei und stellte es auf den Tisch. Dann zog sie den anderen Stuhl in die Sonne, klappte ihn herunter und streckte sich genüsslich aus.

»Anna hat gerade angerufen.«

Ich sah zu ihr herüber. Sie lag ganz entspannt mit geschlossenen Augen auf ihrer Liege und hielt ihr Gesicht in die Sonne.

»Ich kann mich gar nicht erinnern, wann sie das letzte Mal angerufen hat. Sie will an Weihnachten nach Hause kommen. Ich habe noch gar nicht an Weihnachten gedacht. Das ist so weit weg und irgendwie unwirklich. Als würde es in eine andere Zeit gehören. Ich weiß auch nicht, wo ich dann wohnen werde. Und ob ich überhaupt Weihnachten feiern will.«

Ich setzte mich auf.

»Bleibst du nicht in Mariefred wohnen?«

»Doch, aber das Haus wird verkauft. Olof ist sehr entgegenkommend und hat mich solange dort wohnen lassen. Es wurde mir alles zu viel, als ich erkrankte. Ich hatte keine Kraft, mir zu überlegen, wohin ich gehen könnte. Darum bin ich erst einmal geblieben. Olof arbeitet in Stockholm und hat dort eine Wohnung gefunden. Darum muss das Haus verkauft werden. Wir können uns nicht leisten, es zu behalten. Und ich will auch nicht dortbleiben.«

Schweigen.

»Ich weiß überhaupt nicht, was ich will. Oder anders gesagt, ich will nichts. Ich kann mir nicht vorstellen, wie mein Leben aussehen könnte. Darum kann ich auch nichts planen.«

»Vielleicht brauchst du einfach noch ein bisschen Zeit.«

»Oder vielleicht ist genau das Gegenteil der Fall? Ich sollte endlich einsehen, dass die Zeit knapp wird. Dass ich Entscheidungen treffen muss, eine Richtung finden.«

Ich goss Kaffee in die Becher und gab Emma einen.

»Ich mache mir solche Sorgen, dass ich am Telefon nicht ermunternd und fröhlich genug geklungen habe. Bei Anna bin ich mir immer unsicher. Wie es ihr geht. Was sie sich von mir wünscht.«

»Musst du das denn wissen? Genügt es nicht, dass sie dich anruft? Denk doch lieber an deine Gefühle für sie. Nicht an die Gefühle, die du bei ihr vermutest.«

Ich hörte die Kirchturmglocken läuten, kannte aber nicht den Grund. Eine Hochzeit vielleicht. Oder eine Beerdigung. Oder sie läuteten das Wochenende ein. Ich schloss die Augen, genoss die warme Nachmittagssonne und lauschte den Kirchturmglocken. Und zum ersten Mal seit sehr langer Zeit hatte ich ein Gefühl wie Wochenende. Die Sonne hatte sich von unseren Stühlen zurückgezogen, als wir schließlich aufstanden.

»Vielleicht sollten wir einkaufen gehen? Wir hatten doch versprochen, dass wir was zum Ausflug mitbringen.« Emma ging vor, das Tablett in der Hand. An der Treppe blieb sie stehen und drehte sich um. »Außerdem wollte ich vorschlagen, dass ich uns heute etwas zu essen mache. Wenn du nichts dagegen hast.«

*

Da ich oft im Restaurant essen ging, waren Speisekammer und Kühlschrank ziemlich leer. Emma ging die Bestände durch und machte eine Einkaufsliste.

Der kleine Supermarkt mit der Fischtheke öffnete erst um sieben Uhr, wenn die Boote mit dem Fang des Tages zurückkehrten. Es war darum beinahe schon dunkel, als wir uns auf den Weg machten. Auf dem Weg tranken wir noch ein Glas Wein. Viele meiner Stammläden hatten die Saison schon beendet. Aber wenn die Leute aus Barcelona oder dem Umland übers Wochenende kamen, öffneten einige von ihnen noch einmal.

»Diese Farbe steht dir.« Emma trug ein blaues Leinenkleid und eine passende Strickjacke dazu. Ich hatte mein Kompliment aufrichtig gemeint, aber sie sah mich skeptisch an.

»Ich finde, dass mir überhaupt nichts mehr steht.«

»Du hast auf unserem Ausflug auch ein bisschen Farbe bekommen, glaube ich. Das steht dir auch.«

Ich trug dieselben Jeans wie am Morgen und ein ähnliches T-Shirt. Nichts, worüber man irgendwelche Worte verlieren könnte. Und das war wahrscheinlich auch die Absicht dahinter. Nicht gesehen zu werden und sich mit keinem Interesse auseinandersetzen zu müssen.

Emma neigte ihren Kopf zur Seite und betrachtete mich, als wollte sie mich lesen.

»Du machst dir nicht so viel daraus, wie du dich anziehst, oder? Das bewundere ich. Ich wünschte, mir würde das auch egal sein. Aber ich muss mich immer ordentlich anziehen. Make-up auflegen. Mich dahinter verbergen. Und wenn jemand etwas Nettes über mein Aussehen sagt, weiß ich, dass sie nur meine Kleidung damit meinen, nicht mich.

Das ist wie ein Klaps auf die Schulter, als Anerkennung für meine Mühen. Sonst nichts.«

»Ich meinte dich. Nicht deine Kleidung. Dir steht das, was du trägst. Ich bin mir nicht sicher, ob mir das Kleid an jemand anders aufgefallen wäre. Oder in einem Laden. Du siehst darin schön aus.«

Zu meiner Überraschung wurde sie rot. Und drehte sich demonstrativ weg, um den Kellner zu rufen und zu bezahlen.

Wir ließen uns Zeit im Supermarkt, und ich war überrascht, wie viel Spaß es machte. Wir unterhielten uns darüber, was wir bei dem Ausflug mit Pau aufs Boot mitnehmen wollten.

»Gehen wir irgendwo an Land? Dann könnten wir einen kleinen Grill mitnehmen. Wenn du einen hast.«

»Ich glaube nicht, dass es so außergewöhnlich sein muss. Ein bisschen Brot, Käse. Oliven. Ich glaube, das genügt.«

Nachdem wir uns um den Proviant gekümmert hatten, konzentrierte sich Emma aufs Abendessen.

»Magst du etwas Besonderes haben? Oder gibt es etwas, das du auf keinen Fall willst?«

Sie sah mich nachdenklich an.

»Ich habe keine Ahnung, was du magst. Ich erinnere mich auch an nichts von früher, als wir Kinder waren. Was haben wir da eigentlich gegessen?«

Ich zuckte mit den Schultern.

»Es gab Phasen, da gab es überhaupt nicht viel zu essen. Aber das war noch vor deiner Zeit. Nachdem mein Papa ausgezogen war, und bevor dein Papa ins Bild kam. Danach war wieder mehr Geld da. Aber nicht viel besseres Essen. Im Nachhinein habe ich mich oft gefragt, ob Mama nicht sogar eine Essstörung gehabt hat, wie man das heute nennt. Ich habe kein Bild von ihr am Esstisch. Sie stand immer an der Spüle, während wir gegessen haben. Ich sehe sie vor mir, wie sie dagegenlehnt mit einer Zigarette in der Hand. Komisch, ich hätte nicht einmal sagen können, ob sie geraucht hat. Aber das war ganz offensichtlich der Fall. Sie hat sich auch nie auf ein gemeinsames Abendessen gefreut oder über Essen gesprochen. Am liebsten hätte sie wahrscheinlich gar nichts damit zu tun gehabt. Zumindest fühlte es sich so an. Als wäre es eine große Belastung, es hatte nichts Lustvolles. Amanda und ich haben gegessen, um zu überleben. Wir waren oft hungrig, daran kann ich mich erinnern, aber aufs Essen gefreut haben wir uns nie. Wenn du also wissen willst, was ich mag und was nicht, kann ich das gar nicht so ohne Weiteres sagen. Wie du bestimmt schon mitbekommen hast, gehe ich meistens aus. Ich bin eine wahnsinnig schlechte Köchin, aber ich mag es, wenn andere für mich kochen. Dafür schäme ich mich ein bisschen. Das fühlt sich so kindlich an. Wie ein unerfülltes Bedürfnis. Als wäre das Essen nicht nur Essen, sondern ein Symbol für etwas anderes. Aber für dich ist das wahrscheinlich ganz anders. Ich erinnere mich gut an eure rauschenden Feste. Wenn ihr uns zu Weihnachten oder zum Geburtstagsbrunch in euer schönes Zuhause eingeladen habt. Olof und du. Oder hast in erster Linie du dahintergestanden?«

Emma zuckte mit den Schultern.

»Ja, das war hauptsächlich meins«, sagte sie und blickte

mich nachdenklich an. »Wenn ich dir so zuhöre, frage ich mich, ob unser Verhältnis zum Essen wirklich so verschieden ist. Ich koche sehr gerne. Aber dabei ging es nie wirklich um das Essen selbst. Für mich war das eine Möglichkeit, meine Liebe auszudrücken, glaube ich. Dabei war es nicht Essen, was meine Familie am nötigsten gebraucht hätte. Ich weiß nicht, wie das für Olof war. Vielleicht hatte er begriffen, wie wichtig das für mich war. Aber er wusste nicht, wie er damit umgehen sollte. Für ihn war Essen nichts anderes als Nahrung. Ihn hat das nie besonders interessiert. Es war wohl zu viel von ihm verlangt zu verstehen, wie beladen dieses Thema für mich war. Und dass mein Essen, das ich servierte, ein Symbol für so vieles anderes war. Sie sollten sehen, wie sehr ich sie liebte. Aber das reichte nicht. Als Anna dann krank wurde, sind auch die Mahlzeiten zu einer einzigen Qual geworden. Und meine Bemühungen machten es nur noch schlimmer.«

»Ich wusste nicht, dass es dir so damit ergangen ist. Und ich wusste auch nichts von Annas Krankheit. Ich war immer nur überwältigt. Bei euch war alles so perfekt. Ich hatte das Gefühl, nicht dazuzugehören.«

Emma ging langsam den Gang zwischen den Regalen hinunter, und ich folgte ihr.

»Ich dachte an etwas Einfaches. Einen Salat?«, sagte sie, ohne sich umzudrehen.

Und den gab es dann auch.

*

Emma wollte keine Hilfe in der Küche, aber ich stand auf der anderen Seite der Arbeitsfläche und sah ihr beim Schneiden der Tomaten zu. Ich legte mein Handy auf die Arbeitsplatte, verband es mit den Lautsprechern und machte Musik an. Nachdem wir eingezogen waren, hatten wir oft Musik gehört. Abends oben auf der Terrasse. Morgens beim Kaffee. Diese Zeit hatte einen bestimmten Sound gehabt. Darum zögerte ich, bevor ich mich für etwas entschied. Es dauerte auch länger, als ich erwartet hatte, ehe die Musik zu hören war. Für ein paar Sekunden kam mir der Gedanke, dass ich die Songs vielleicht gar nicht mehr auf dem Handy hatte.

Emma hob den Kopf.

»Was ist das?«

»Die Sängerin heißt Arianna Savall und singt auf Katalanisch. Als ich sie für mich entdeckte, habe ich es nicht nur gehört, weil ich die Musik schön fand. Ich hatte auch vor, die Sprache zu lernen. Aber daraus ist nichts geworden.«

»Trotzdem sehr schön.«

Jedes Lied weckte die Erinnerung an die erste Zeit. Aber es war unmöglich, das Gefühl heraufzubeschwören. Es erinnerte mich nur und erfüllte mich mit einer fürchterlichen Sehnsucht.

»Ja, das ist sehr schöne Musik. Dieser Song heißt *Ya salío de la mar*, was ungefähr so viel bedeutet wie *Sie kommt aus dem Meer*.«

Ich spürte, wie die Tränen kamen. Schon wieder. Emma sah mich an, und ich machte eine abwehrende Handbewegung.

»Alles gut! Es ist nur so lange her, dass ich das Lied gehört habe.«

Emma hatte einen Salat mit frischem Thunfisch gemacht und ihn in einer schönen Schale angerichtet, die ich noch nie zuvor bemerkt hatte. Sie hatte Weißwein und Wasser kalt gestellt, Brot aufgeschnitten und einen Korb dafür gefunden. Wir trugen alles auf die Terrasse. Der Metalltisch hatte Rostflecken und musste abgewischt werden. Mir fiel ein, dass ich Tischdecken in einer Schublade in der Küche gesehen hatte, und holte eine. Ich fand auch ein paar Kerzenständer, musste aber lange suchen, bis ich die Streichhölzer in dem kleinen Schrank neben dem offenen Kamin entdeckte. Erst dann fiel mir ein, dass Emma natürlich Feuer hatte.

Es sah sehr einladend aus, als alles fertig gedeckt war und wir uns hinsetzten.

»Es ist lange her, dass ich so edel gegessen habe.«

»Findest du das besonders edel? Es ist doch nur Salat, Brot und Wein. Das geht schon noch edler.«

»Ach so, das habe ich gar nicht gemeint, sondern dass es so schön aussieht. Man kann sehen, dass sich jemand Mühe gegeben hat, damit es schön und lecker aussieht.«

Emma tat uns auf.

»Hast du den Umschlag schon geöffnet?«

Den hatte ich vollkommen vergessen. Verdrängt vermutlich. Ich schüttelte den Kopf.

»Tut mir leid, wenn dich das stresst. Das wollte ich nicht.«

»Das stresst mich nicht. Ich habe ihn einfach vergessen.«

Ich legte mein Besteck zur Seite.

»Alles, was mit Mama zu tun hat, ist ... es fällt mir schwer. Damit komme ich nicht zurecht. Ich will es nicht.«

Ich suchte nach Worten. Und zwar solchen, die nicht verraten würden, was ich so hartnäckig zurückhalten wollte.

»Wenn ich an die Vergangenheit denke, kommen nur traurige Erinnerungen hoch.«

Emma sah mich an.

»Erinnerst du dich nicht daran, wie sie mit uns gesungen hat?«

»Mit uns? Ich erinnere, dass sie gesungen hat. Sie hatte eine wunderschöne Stimme. Was wäre wohl aus ihr geworden, wenn sie meinen Papa nicht kennengelernt hätte? Aber ich erinnere mich nicht daran, dass sie *mit uns* gesungen hat. Vielleicht für uns. Aber davon weiß ich auch nicht mehr so viel. Außerdem kann ich selbst überhaupt nicht singen. Das wird also nicht besonders inspirierend gewesen sein, mit mir zu singen.«

»Siehst du alles immer so eingleisig? Und so düster?«

»Wie soll ich es denn sonst sehen? Was meinst du? Ich finde, dass ich es so sehe, wie es gewesen ist. Und wenn du ein ganz anderes Bild hast, dann liegt es vielleicht daran, dass du einen anderen Vater und auch eine andere Mutter hattest. Wir sind nicht dieselben Personen und waren in verschiedenen Situationen.«

»Natürlich nicht. Aber wir haben beide dort gelebt, du

und ich. Zusammen. Über zehn Jahre lang. Gleicher Ort, gleiche Mutter. Alles kann ja nicht vollkommen anders gewesen sein.«

»Ich weiß nicht, Emma.« Ich betrachtete ihr Gesicht im Licht der Kerzen, das ihre Züge wie gemeißelt aussehen ließ. Für mich hat Emma immer wie meine Mutter ausgesehen. Aber jetzt erkannte ich, dass es nur auf den ersten Blick so war. Die Farben, die Körperhaltung, bestimmte Gesten. Aber von Nahem konnte ich überhaupt keine Ähnlichkeiten mehr feststellen. Auch nicht mit der kleinen Schwester von früher. Mir gegenüber saß ein unbekanntes Gesicht, das es mir aber leichter machte, mich ihm gegenüber unbeschwerter zu verhalten.

Als hätte Emma meine Gedanken gelesen, hob sie den Kopf und legte ihr Besteck beiseite.

»Als Kind fand ich euch beide so wunderschön, Amanda und dich. Ich wollte so sein wie ihr. Einmal habe ich mir sogar die Haare mit Mamas Mascara gekämmt, um so dunkle Haare zu haben. Erinnerst du dich daran? Mama ist durchgedreht.«

Ich schüttelte den Kopf.

»Bei euch war alles stärker, frischer. Nicht nur eure dunklen lockigen Haare. Meins war blond, fast weiß und glatt wie Spaghetti. Wie Mamas eben. Und eure Haut sah sonnengebräunt aus, auch im Winter. Ich wurde in der Sonne nur rosarot und bekam Sommersprossen. Ihr wart geschaffen dazu, draußen in der Welt zu bestehen, ich gehörte eher in eine dunkle Ecke. Ich konnte mich einfach nicht sattsehen an euch. Ich weiß noch, wie ihr immer auf die Bäume hinterm Haus geklettert seid, geschmeidig und schnell wie die Affen. Und dann habt ihr dort oben gesessen und meine kläglichen Versuche verfolgt, hinter euch herzuklettern. Ich stand unten und habe geweint, bis sich Amanda meiner erbarmte und runtergekommen ist. Du aber bist oben sitzen geblieben. Unerreichbar – wie immer unerreichbar.«

»Unerreichbar. Ein komisches Wort. Es gibt schließlich immer zwei Seiten. Wer streckt sich denn nach wem? Ich habe mich nicht unerreichbar gefühlt. Nur hat mir niemand die Arme entgegengestreckt. Niemand außer Amanda. Ich kann mich kaum noch an meinen Papa erinnern. Ich besitze ein paar Fotos, auf denen kann ich erkennen, dass wir ihm sehr ähnlich sehen. Aber ich selbst habe keine Erinnerung mehr an ihn. Nachdem er ausgezogen war, haben wir ihn nur ein paar Wochen in den Sommerferien gesehen. Und er kam an Weihnachten. Aber das waren immer furchtbare Besuche. Er kam ganz eindeutig, um Mama zu sehen. Und Mama war so überhaupt nicht an ihm interessiert. Und Amanda und ich wurden links liegen gelassen. Das war nur ein Spiel zwischen den beiden.«

»Ich kann mich gut an ihn erinnern. Ich habe davon geträumt, dass er auch mein Vater wäre.«

»Warum das denn? Dein Vater hat dich doch vergöttert. Du warst seine kleine Prinzessin.«

Emma saß eine Weile schweigend da.

»Ich habe keine Ahnung, was er für mich empfunden

hat. Ich kann mich nicht daran erinnern, dass wir jemals gemeinsam etwas unternommen haben. Er kam und ging. Meistens ging er, zumindest fühlte sich das so an. Und wenn er zu Hause war, mussten alle auf Zehenspitzen laufen. Ich hatte keine Angst vor ihm. Aber ich hatte Angst vor der Stimmung zu Hause, wenn er da war. Er hat mich immer von euch ferngehalten. Als wäre ich ein Gegenstand, der nur ihm gehört und aus dem er Vorteile ziehen kann.

Auf seiner Beerdigung war ich ganz allein. Mama war nicht da. Sie war irgendwo im Ausland, oder so. Da hatte sie schon Robert kennengelernt. Und Mama und Papa waren ja auch schon lange geschieden. Für sie gab es wohl keinen Grund aufzutauchen. Außer meinetwegen. Ich weiß noch, dass ich ununterbrochen geheult habe. Ich weiß gar nicht, warum. Ich glaube, die Tränen galten gar nicht ihm. War es Erleichterung? Oder die Erkenntnis, dass ich jetzt ganz allein war?«

»Aber Mama war doch noch da.«

Emma starrte mich an.

»Wie du selbst gesagt hast, Mama hat uns schon vor Langem verlassen. Eigentlich ist sie nie wirklich da gewesen. Ich hatte immer das Gefühl, dass ich nur ein Werkzeug bei dem Unternehmen war, meinen Papa zu fangen. Und als sie an ihm nicht mehr interessiert war, verlor sie auch das letzte bisschen Interesse an mir, das sie vielleicht einmal gehabt hatte.«

»Wenigstens warst du ein Wunschkind. Nicht ein lebenslang bereuter Fehltritt wie Amanda und ich.«

»Ich weiß nicht. Es kann schon sein, dass ich ein Wunschkind war. Aber als das Erhoffte nicht eintrat, wurde ich zu einer Last. Eine Verantwortung, die sie nicht übernehmen wollte. Manchmal sah sie mich sogar mit großem Missfallen an. Als würde etwas mit mir nicht stimmen, weil ich ihren Erwartungen nicht entsprach. Wenn sie mich überhaupt einmal angesehen hat. Und nach und nach begann dann ihre Jagd nach etwas anderem. Und ich bin auch deiner Meinung: Sie hat nie gefunden, wonach sie gesucht hat.«

Ich füllte Wein nach.

»Ich wünsche mir manchmal, ich könnte mit meinem Vater sprechen. Nur ganz kurz. Um ihm meine Fragen zu stellen und seine Antworten zu hören. Um seine Version zu erfahren, wie alles anfing. Ich kann mir ihre Liebesgeschichte nämlich einfach nicht vorstellen. Wenn das überhaupt der richtige Ausdruck für Amanda und meine Entstehungsgeschichte ist. Mir ist es unbegreiflich, wie sich zwei so ungleiche Menschen voneinander angezogen fühlen konnten. Aber vielleicht sehe ich es einfach nicht. Keiner von beiden hat jemals davon erzählt, wie alles anfing. Vielleicht war es am Anfang ja Liebe? Vielleicht sind sie auch eine Zeitlang glücklich miteinander gewesen? Ich hoffe, dass es so war, aber es hat sich nie so angefühlt. Ich hätte meinen Vater gerne als Erwachsene bei mir gehabt. Manchmal sehe ich erwachsene Töchter mit ihren Vätern und beneide sie so sehr. Ich habe mir schon als Kind gewünscht, dass mein Vater mehr an unserem Leben teilnimmt. Ich erinnere mich, wie er mich in der Kirche bei Amandas Beerdigung in den Arm genommen hat. Wir haben nicht viel geweint, aber Papa hat meine Schulter ganz fest gedrückt, immer und immer wieder. Da wusste ich noch nicht, wie krank er war. Dass wir uns nie wiedersehen würden. Er starb ja ein paar Monate später. Und ich hatte gedacht, wir hätten noch das ganze Leben vor uns. Dass uns die Trauer um Amanda verbinden würde. Denn wir waren die Einzigen, die um sie getrauert haben. Wir hatten besprochen, dass ich zu ihm ziehen sollte. Ich war ja praktisch schon bei Olof eingezogen und sollte noch das Schuljahr beenden. Aber als das Schuljahr vorbei war, gab es Papa nicht mehr.«

»Du sagst, ihr wart die Einzigen, die um Amanda getrauert haben? Aber du vergisst mich«, flüsterte Emma. »Ich habe sie schrecklich vermisst. Und ich konnte meine Trauer mit niemandem teilen.«

Sie begann, die Teller und das Besteck zusammenzuräumen, stand auf und blieb neben mir stehen.

»Wir müssen über Amanda reden. Irgendwann müssen wir beide über sie sprechen.«

Ich drehte mein Glas in der Hand.

»Da gibt es nicht zu besprechen, Emma.«

Sie antwortete nicht, sondern verschwand im Haus. Ich hatte erwartet, dass sie zurückkommen würde, aber nach einer ganzen Weile pustete ich die Kerzen aus, lehnte mich über das Geländer und sah aufs Meer. Es war eine sternenklare Nacht, und der Mond schien hell. Es war schon spät, und die Geräusche der Stadt klangen nur noch gedämpft, aber ich konnte noch ein paar vereinzelte Gestalten unten am Kai sehen.

Ich irrte mich. Wir mussten über Amanda reden.

VIERTER TAG

Keine Träume. Zumindest konnte ich mich an keinen erinnern. Und auch an keine Gefühle, dir in mir nachklangen. Ich bemerkte, dass es später war, als ich gedacht hatte, blieb aber trotzdem noch eine Weile still liegen. Aus der Küche drangen leise Geräusche nach oben. Emma war schon wach. Das war eine Feststellung, die mit keinem anderen Gefühl behaftet war. Vielleicht gewöhnte ich mich langsam an ihre Anwesenheit.

Als ich die Treppe herunterkam, sah ich, dass sie den Tisch draußen im Garten gedeckt hatte. Aber Emma selbst entdeckte ich nirgendwo. Ich goss mir einen Kaffee ein und setzte mich. Die Kälte des Metallstuhls drang durch den Stoff meines Bademantels. Ein kleiner Vogel mit roter Brust landete auf der Mauer und beobachtete mich eine Weile, ehe er hochflog und sich auf dem Feigenbaum niederließ. Dort begann er zu singen. Der kleine Körper gab bei jedem Ton alles, und die weichen Brustfedern plusterten sich auf. Von meinem Platz aus sah die Brust blutüberströmt aus, als würde er unter Aufgebot seiner ganzen Kraft singen und einen ungeheuren Preis dafür zahlen.

Ich bemerkte Emma erst, als sie direkt neben mir stand. Ich sah hoch. Ich fand, sie sah viel frischer aus.

»Guten Morgen. Du siehst aus, als hättest du gut geschlafen.«

Sie nickte und setzte sich zu mir.

»Ja, guten Morgen, es ist das erste Mal seit langer Zeit, dass ich durchgeschlafen habe. Und als ich aufgewacht bin, habe ich einen kleinen Spaziergang in die Stadt gemacht und Croissants gekauft.«

Dieses Mal nahm ich mir eins. Es war noch warm. Ich riss ein Stück ab und schob es mir in den Mund. Der kleine Vogel saß über uns auf dem Feigenzweig und zwitscherte unverdrossen weiter. Ich stand auf und stieg auf die Steinkante vom Blumenbeet. Von dort konnte ich, wenn ich mich auf die Zehenspitzen stellte, die Mauerkante erreichen und ein paar Croissantkrümel hinlegen. Ich setzte mich wieder hin und deutete auf den Vogel über uns. Es dauerte nicht lange, und wir sahen ihn lautlos hinunterschweben, sich einen der Krümel schnappen und wieder zwischen den Blättern des Baumes verschwinden.

Wir lächelten uns an, es fühlte sich fast echt an.

»Was hältst du von einem Spaziergang zum Cap de Creus?« Soweit ich das in dem kleinen Ausschnitt über uns sehen konnte, war der Himmel wolkenfrei. »Ich glaube, es wird wieder schönes Wetter heute.«

Emma nickte.

»Das klingt gut. Erledige erst einmal deine Sachen und sag einfach, wann es losgeht.«

Als wir uns geeinigt hatten, ging ich nach unten, um mich fertig zu machen. In mir spielte dabei die ganze Zeit Musik. *Ya salió de la mar.*

*

In einem gemütlichen Tempo würden wir für die Strecke etwa zwei Stunden brauchen. Emma bewegte sich ein bisschen geschmeidiger, und ich hatte kein Problem damit, mich ihrer Geschwindigkeit anzupassen. Wenn ich allein spazieren gehe, nehme ich meine Umgebung anders wahr als in Gesellschaft. Ich sehe alles intensiver und gleichzeitig auch gar nicht. Intensiver, wenn ich mich auf etwas konzentriere. Wenn ich fotografiere zum Beispiel. Oder wenn ich anhalte und die Aussicht genieße. Und ich sehe gar nichts, wenn ich meinen Gedanken freien Lauf lasse und lange Strecken zurücklege, ohne auf die Umgebung zu achten. Wenn ich dann aus meinen Gedanken aufschrecke, macht mich das so verlegen wie damals als Kind, wenn ich geschlafwandelt bin.

Und jetzt ging ich Seite an Seite mit meiner Schwester und versuchte, die Landschaft mit ihren Augen zu sehen, während ich meinen Schritt ihrem anpasste. Es war schwer vorstellbar, dass es ihr hier gefallen würde. Der karge Boden mit den spitzen Steinen und den stacheligen Gewächsen konnte Emma unmöglich ansprechen.

»Es ist schön hier.«

Ich konnte das Lachen nicht unterdrücken.

»Findest du?«

»Ja, ich finde, es sieht aus, als wäre es gestern erst erschaffen worden. Und gleichzeitig sieht es uralt aus. Als wäre es im Entstehen erstarrt. Als hätte jemand die Lust verloren und die Natur ihrem Schicksal überlassen.«

Ich ließ meinen Blick über die graue Steinlandschaft schweifen. Der Himmel wirkte in dem grellen Sonnenlicht ganz weiß. Am Horizont war das Meer zu sehen, nur ein schmaler Strich. Emmas Beschreibung traf es gut. Es sah aus, als hätten sich enorme Landmassen in Richtung Meer gewälzt, um dann plötzlich innezuhalten, bevor sie tief im Erdreich versanken.

Auf halber Strecke machten wir eine Pause und ließen uns auf einem Felsbrocken abseits des Weges nieder. Von dort hatten wir einen weiten Blick über das Meer.

»Ich glaube, Pau wird morgen mit uns ungefähr auf diese Höhe fahren. Dann wirst du das alles noch mal sehen, aber aus einer anderen Perspektive.«

Emma blickte aufs Meer.

»Das wird ganz anders sein. Alles hat mit der Perspektive zu tun.«

Wir aßen ein bisschen Obst und tranken Wasser. Emma hatte sehr dunkle Schokolade dabei und brach kleine Stücke ab, die in der Wärme schon ganz klebrig geworden waren.

»Wie geht es dir? Wir haben die Hälfte der Strecke geschafft.«

»Gut. Es tut so gut, an der frischen Luft zu sein. Ich hatte fast vergessen, wie das ist. Einfach zu gehen, ohne über irgendetwas nachzudenken. Ohne Zeitdruck. Totale Freiheit.«

Kurz vor eins hatten wir unser Ziel erreicht. Trotz des schönen Wetters war das Restaurant halb leer, und wir hatten keine Schwierigkeiten, einen Tisch draußen im Schatten zu finden.

»Als würden wir am Rande der Welt sitzen, dem letzten Außenposten. Als gäbe es hinter dem Meer kein anderes Land. Nichts.«

Ich nickte.

»Alles Weltliche ist so weit entfernt. So geht es mir immer, wenn ich in Cadaqués bin. Manchmal frage ich mich, wenn ich allein zu Hause bin, ob es dort draußen noch eine andere Welt gibt. Und an diesem Ort hier natürlich erst recht.«

Wir bestellten eine Flasche Weißwein und eine Schale mit Sardinen, die wir uns teilten. Und je eine Portion gefüllten Tintenfisch.

»Ich könnte mir vorstellen, dass es ganz schön einsam werden kann in dem großen Haus.«

Ich zögerte einen Moment, bevor ich ihr antwortete.

»Das hat nichts mit dem Haus zu tun. Tatsache ist, dass ich mich dort viel weniger einsam fühle als an jedem anderen Ort. Ich fühle mich sicher und geborgen.«

Wahrscheinlich verstand Emma gar nicht wirklich, was ich damit ausdrücken wollte. Aber sie nickte.

»Ich weiß natürlich nicht genau, was du fühlst, aber einer

der Gründe, warum ich die Frage nach meiner Bleibe noch nicht gelöst habe, ist, dass ich mich in unserem Haus immer sicher und geborgen gefühlt habe. Aber allmählich erkenne ich, dass diese Sicherheit trügerisch ist. Es gibt sie gar nicht. Ich muss es aufgeben und von dort weggehen, ich weiß das. Und dieser Tag rückt immer näher. Aber wenn ich daran denke, gerate ich in Panik.«

»Vielleicht hast du Recht, und unser Leben unterscheidet sich gar nicht so sehr voneinander. Mein Haus ist auch Symbol für die kurze Zeit, in der ich glücklich gewesen bin. Alles hier erinnert mich daran. Es gibt Tage, da erwachen die Erinnerungen wieder zum Leben. Das kann Musik sein. Oder ein Geruch. Oder ein Traum. Oder nur der Anblick des Meeres.«

Emmas Hände spielten gedankenverloren mit der Serviette. Dann sah sie mich an.

»Aber so zu leben kann man ja nicht Leben nennen. Man kann sein Leben nicht rückwärtsleben. Nicht für immer. Ich weiß nur nicht, wie ich es schaffen soll, den Schritt nach vorn zu wagen. Ich habe mich so lange eingeschlossen. Ich habe keine Erinnerung an die Art von Glück, wie du es beschreibst. Aber all meine guten Erinnerungen hängen mit dem Haus zusammen. Mit meinem Zuhause. Ich kann problemlos zurückschauen, aber wenn ich versuche, nach vorn zu sehen, dann sehe ich gar nichts. Und das macht mir furchtbare Angst.«

»Ich frage mich trotzdem, ob du nicht schon viel weiter gekommen bist als ich. Und ob du nicht schon längst den ersten Schritt getan hast, ohne dass es dir bewusst ist. Bei mir aber gibt es nichts, was mich drängt. Nichts, was mich dazu zwingt, mein Leben wieder in die Hand zu nehmen. Ich kann mich in meinem Haus verkriechen.«

Es sah aus, als wollte Emma etwas dazu sagen, aber dann überlegte sie es sich anders.

»Du hast so viel von dir erzählt, Emma. Von Olof und den Kindern. Ich aber habe dir noch nichts von mir erzählt.«

Sie machte eine abwehrende Geste.

»Du musst mir gar nichts erzählen. Ich habe doch nur meinetwegen erzählt. Nicht deinetwegen. Ich musste über Olof sprechen. Man sieht die Dinge deutlicher, wenn man versucht, sie in Worte zu fassen. Ich habe mich so einsam gefühlt und diese traurige Scheidungsgeschichte allein mit mir herumgetragen. Sieh es also eher als eine Art Selbsttherapie.«

Ein leichtes, fast verlegenes Lächeln huschte über ihr Gesicht, bevor sie einen Schluck Wein nahm.

»Für mich hat das Erzählen nichts Therapeutisches. Ich glaube sogar, dass ich meine traurige Geschichte festhalte, weil ich sie nicht vergessen will. Sie ist das Einzige, was ich habe, und ich kann mir nicht vorstellen, wie mein Leben aussehen würde, ohne davon umgeben zu sein. Ich hatte Angst vor deinem Besuch. Ängstlich war ich – und wütend. Ich wollte dich nicht in meinem Haus haben. Ich wollte meine kleine Welt mit niemandem teilen. Seit fast einem Jahr bin ich allein hier gewesen. Und ich hatte in dieser Zeit kein einziges Mal Besuch.«

Mir war selbst nicht ganz klar, worauf ich hinauswollte. Ich stellte mein Weinglas auf den Tisch und sah Emma an.

»Meine spontane Einladung nach der Beerdigung habe ich sofort wieder bereut. Ich hatte keine Ahnung, warum mir das rausgerutscht war. Aber als ich jetzt vor ein paar Tagen darüber nachdachte, konnte ich meinen Übermut erkennen. Erinnerst du dich, dass Mama immer gesagt hat, dass man sein Glück nicht zeigen darf? Auch sich selbst gegenüber nicht? Weil man sonst das Schicksal herausfordert?«

Emma nickte.

»Ja, das erinnere ich. Aber ich glaube überhaupt nicht daran. Ich finde das ganz schrecklich. Die meisten von uns erleben doch so selten wahres Glück, da sollte man sich auch gönnen, es in vollen Zügen zu genießen.«

»Das kannst du natürlich so sehen. Aber mir gelingt es einfach nicht, dieses Gefühl abzuschütteln, das Mama mir da in den Kopf gesetzt hat. Darum habe ich das mein ganzes Leben lang zurückgehalten. War vorsichtig, mein Glück zu zeigen. Meine Liebe. Gefühle überhaupt. Aber als ich die Einladung aussprach, habe ich Mamas Warnung bewusst ignoriert. Ich wollte dir zeigen, wie glücklich ich war. Ich wollte, dass du es weißt. Vor allem du. Ich wollte das mit dir teilen.«

»Aber warum ausgerechnet mit mir? Du hast doch gesagt, dass wir uns eigentlich gar nicht kennen.«

Ich zuckte mit den Schultern.

»Ich kann das auch nicht genau erklären. Es war Ausdruck meines wahnsinnigen Übermuts, vermute ich. Vollkommen idiotisch. Das ist mir hinterher sofort klar geworden. Das Glück hielt auch nur ein Jahr, dann hat das Schicksal mich eingeholt.«

Der Kellner räumte ab, und wir bestellten Kaffee.

»Als du erzählt hast, welche Gefühle du für Olof hegst, wurde mir klar, dass sie nicht mit meinen zu vergleichen waren. Für mich war er nur ein Freund. Ein loyaler, enger Freund. Und als zu Hause alles zusammenbrach, bin ich in diese Geborgenheit geflohen. Aber Olof hat nie irgendwelche Türen für mich geöffnet. Er hat sie vielmehr blockiert. Hat mich mit seiner Liebe erdrückt. Aber ich wollte leben! Für mich hatte mein Leben noch gar nicht richtig begonnen. Aber ich konnte die Welt hinter Olof nicht erkunden, solange er in meiner Nähe war. Es fühlte sich an, als würde er alle Wege, alle Ausgänge blockieren. Und wenn ich ihn ansah, entdeckte ich nur Erwartungen. Erwartungen, die ich niemals erfüllen würde. Am Ende konnte ich ihm nicht mehr in die Augen sehen.«

Ich betrachtete Emma und holte tief Luft.

»Dann wurde ich schwanger. Und mein ganzes Leben stürzte wie ein Kartenhaus in sich zusammen. Olof war mein einziger Vertrauter. Der Einzige, auf den ich mich verlassen konnte. Aber das konnte ich unmöglich mit ihm teilen. Mit niemandem. Ich wusste genau, dass er das niemals verstehen würde. Dass ich an diesen Punkt gelangt war und einfach gehen musste. Ich hatte eine Abtreibung. Und dann bin ich nach London geflogen. Aber das weißt du ja.

Ich versank, ich wurde immer tiefer reingezogen. Als hätte ich einen großen Satz getan und mich in das Unbekannte gestürzt, ohne zu wissen, wann ich je wieder festen Boden unter den Füßen haben würde.

Ich weiß nicht, warum ich dir das alles erzähle. Aber ich vermute, es hängt alles irgendwie mit allem zusammen. Ich wollte dir eigentlich von der Zeit zwischen meiner Einladung und deiner Mail erzählen. Zwei Jahre sind seitdem vergangen.«

»Du musst mir überhaupt nichts erzählen«, sagte Emma. »Wollen wir uns da draußen in die Sonne setzen?«

Wir bezahlten und wechselten den Sitzplatz. Die Sonne stand jetzt etwas tiefer, und die Aussicht war betörend schön. Die schroffen Felsen reichten bis zum Meer, das von einem intensiven Türkis war und weiter draußen in ein Dunkelblau überging.

»Aber ich will es dir ja erzählen. Ich muss es sogar.«

Wollte ich das wirklich? Und wenn ja, warum? Ging es mir wie Emma, die die Dinge in Worte fassen musste, damit sie deutlicher wurden? Nein, absolut nicht. Für mich war alles ganz klar und deutlich. Kristallklar. Aber warum wollte ich dann plötzlich Worte für das Schönste finden? Für das Schwerste? Das Unbeschreibliche? Warum es teilen? Warum ausgerechnet mit Emma?

»Es ist reiner Zufall, dass ich hier gelandet bin. Ich wollte gar nicht nach Cadaqués, sondern nach Roses. Aber dann bin ich im Bus eingeschlafen und bis zur Endstation mitgefahren. Cadaqués. Und als ich ausstieg, wusste ich sofort, dass es mein Ort ist. Und das war etwas Ungewöhnliches für mich. Ich halte mich für einen sehr realistischen Menschen. Aber dieser Ort und ich waren wie füreinander geschaffen, fand ich. Hinter jeder Kurve entdeckte ich genau das, was ich erwartet hatte. Es war auch im Herbst, aber noch nicht so spät wie jetzt. Ein paar Touristen waren noch da, trotzdem herrschte schon eine ganz besondere Stille. Ich hatte vorher in Barcelona ein Bewerbungsgespräch bei der Schule gehabt, an der ich dann auch angefangen habe. Als hätte mein Leben einen abrupten Stopp eingelegt, um mir zu sagen, dass ich mich umsehen und nachdenken sollte. Zu etwas Neuem aufbrechen. Ich hatte ja die ganze Zeit in London gelebt. Und ich war wieder Single. Aber das Haus habe ich nicht sofort gefunden. Das kam erst später. Nachdem ich Maya kennengelernt hatte. Ich musste zwar erst im Herbst in der Schule anfangen, bin aber schon im August nach Barcelona gezogen.«

Ich zögerte, unsicher, wo und wie ich fortfahren sollte.

»Man hatte mich in einer Wohnung untergebracht. Aber ich suchte die ganze Zeit nach etwas eigenem. Die Schule hatte mir das vermittelt, und ich kannte die eigentlichen Besitzer nicht, als ich eingezogen bin. Doch man sah der Wohnung an, dass die beiden kunstinteressiert waren. Sie war voller interessanter Kunst. Nach den vereinbarten Wochen hatte ich eine eigene Wohnung gefunden, und als die Besitzer Raul und Agnés zurückkamen, luden sie mich zu einer Vernissage ein. Es stellte sich heraus, dass die Kunstwerke in der Wohnung hauptsächlich von Raul stammten und dass auch die Ausstellung seine neuesten Werke zeigte. Ich hatte damals keine Ahnung von Kunst, heute eigentlich auch nicht, aber mir gefielen seine Sachen. Große Leinwände, starke Farben, mutige und provozierende Motive, aber mit vielen Details, die man erst entdeckt, wenn man sie sich genauer ansieht. Wir waren früh dran, und mir wurde die Galeristin vorgestellt. Maya.«

Ich warf Emma einen Blick zu. Vielleicht wollte ich überprüfen, ob sie mir noch zuhörte. Sie hielt ihr Gesicht in die Sonne, hatte die Augen geschlossen.

»In meinem Leben hatte es bis dahin nicht viel Liebe gegeben. Oder wie man einen intimen Kontakt zu einem Menschen nennen will. Sex. Romantik. Meine längste Beziehung hat sechs Jahre gehalten, in London mit Elliot. Und ich habe keine Kinder. Darum kann ich also durchaus behaupten, dass ich mich noch nie von jemandem unkontrollierbar angezogen gefühlt habe. Vielleicht habe ich manchmal gedacht, eine Beziehung müsse länger halten, als sie es getan hat. Aber erst als ich Maya begegnet bin, wusste ich, was es heißt, richtig zu lieben.«

Ich verstummte und wartete, bis Emma mir ihr Gesicht zuwandte.

»Ich hatte also keinen Mann, Emma. Ich hatte Maya.«

Es sah aus, als wollte Emma etwas erwidern, aber sie schwieg.

»Als wir uns auf Mamas Beerdigung sahen, hatten wir gerade dieses Haus hier gefunden. Wir hatten vor, es später zu kaufen, aber für den Anfang haben wir es gemietet.

Neun Monate – solange wie eine Schwangerschaft dauert. Vielleicht haben wir das auch so gesehen. Zeit, um unsere Zukunft zu planen. An den langen Wochenenden waren wir hier, fast jedes Wochenende. Maya kannte Pau schon seit Jahren, er war bei ihr als Künstler unter Vertrag und stellte regelmäßig in ihrer Galerie aus. Er hatte uns den Tipp gegeben. In der ersten Zeit haben wir viel Zeit miteinander verbracht. Zu dritt. Pau hat sein Atelier in seinem Haus in Cadaqués und ist häufiger hier als in Barcelona. Wenn ich jetzt im Rückblick darüber nachdenke, war es einfach zu gut, um wahr zu sein. Zu viel Glück. Zu viel Liebe. Jetzt höre ich auch Mamas Stimme wieder. Aber damals fühlte ich mich unbesiegbar. Und ich prahlte überall mit meinem Glück herum. Ich glaube, Maya ging es genauso. Wir waren so besessen von unserer unerwarteten Liebe, dass wir nichts sahen oder hörten. Ich weiß nicht, ob Maya wusste, wie unerfahren ich war. Wie wenig ich davor erlebt hatte. Aber ich glaube, sie hat gespürt, wie unendlich glücklich ich war.«

Die Sonne war hinter dem Haus verschwunden, und es war merklich kühler geworden.

»Wollen wir aufbrechen?«

Emma nickte, und wir standen auf.

Nachdem wir eine Weile schweigend gegangen waren, wurde sie langsamer und sah mich an.

»Es ist furchtbar traurig, dass wir beide das Gefühl haben, die Liebe nicht zu verdienen, die wir bekommen haben.«

»Oh doch, damals habe ich das getan. Ich fand, dass ich

das alles verdient hatte. Jetzt im Nachhinein sehe ich, wie unfassbar sicher ich mir gewesen bin. Wie lächerlich das war. Vor mir lag eine unendliche Zukunft, die aussah wie meine Gegenwart. Ein absurder Gedanke, der einem wahrscheinlich nur in den kurzen Augenblicken größten Glücks kommt. Vielleicht ist es das Gleiche, wenn man von einem schrecklichen Schicksalsschlag getroffen wird? Etwas, das einen vollkommen überwältigt, im Guten wie im Schlechten. Man kann einfach nichts anderes sehen als die Gegenwart. Die Zeit bleibt stehen, und man denkt, alles hat Bestand. Für immer. Aber weder Glück noch Trauer halten ewig. Zumindest nicht in dieser Intensität. Manchmal begegnet man Menschen, die ihr ganzes Leben miteinander verbracht haben und sich noch aufrichtig lieben. Aber das passiert sehr selten. Und ich kann mir auch nicht vorstellen, dass es eine Art niemals endender, heißer Verliebtheit ist. Wenn also Maya und ich das bekommen hätten, was wir uns gewünscht haben – ein langes, gemeinsames Leben –, hätte diese erste, alles überwältigende Liebe nicht ewig angehalten. Aber da alles so kam, wie es gekommen ist, kann ich mir nichts anderes vorstellen, Und darum ist mein Schmerz so groß wie am Anfang.«

Wir liefen weiter, und da Emma schwieg, fuhr ich fort.

»Ich kann mich nicht erinnern, jemals zuvor etwas in der Art erlebt zu haben, wie du deine Gefühle zu Olof beschrieben hast, Emma. Die plötzliche, intensive Verliebtheit, unbeherrschbar und unkontrollierbar. Und anhaltend. Meine vorherigen Beziehungen erscheinen mir jetzt alle so ... so trivial. Ich nehme an, dass Olof meine erste erwachsene Liebe war, obwohl wir damals noch sehr jung waren. Genau genommen ist er ohne Einladung in mein Leben getreten und hat sich dort niedergelassen. Außerdem wartete er die ganze Zeit auf etwas. Er wollte etwas von mir, das zu geben ich nicht in der Lage war. Er war aufmerksam und klug. Zwischendurch auch mal ganz lustig. Ich habe mir wohl eingeredet, dass ich nicht mehr brauche als das. Und meistens mochte ich ihn auch um mich haben. Aber unter der Oberfläche lauerte die ganze Zeit meine Gereiztheit. Denn auch ich wartete auf etwas, das mir Olof nicht geben konnte.«

Ich zögerte, wusste nicht, wie viel ich noch preisgeben wollte. Ich warf Emma einen schnellen Blick zu, aber sie schien mit ihren Gedanken beschäftigt zu sein.

»Du hast gesagt, dass Olof dir die Tür zur Welt geöffnet habe. Ich kann dir erzählen, wie es für mich war, in Mayas Welt einzutreten. Ich bin Lehrerin. Ich mag meinen Job. Sehr sogar. Ich glaube auch, dass ich gut darin bin. Aber ich habe bisher nur an internationalen Schulen gearbeitet. Mit hoch motivierten Schülern und engagierten Eltern. Ein geschützter Raum. Der Beruf des Lehrers hat auch kreative Seiten, doch vieles davon ist reine Routine für mich. Abgesehen davon, dass jedes Jahr neue Schüler kommen. In Mayas Welt existierte so etwas wie Routine überhaupt nicht. Sie war natürlich eine toughe Geschäftsfrau in einer harten Branche. Was sie jedoch wirklich antrieb, war die Kreativität. Es dauerte eine Weile, bis ich herausbekam, dass sie selbst eine talentierte Künstlerin war. Ihre eigene Kunst betrachtete sie allerdings nur als Inspirationsquelle. Als etwas Privates. Was ihr am meisten Spaß machte, war die Jagd nach Talenten – besonders jungen, neuen Talenten. Und darin war sie hervorragend. Und sie war stolz auf die vielen Künstler, die sie im Laufe der Jahre entdeckt hatte. Wenn ich das jetzt so erzähle, kommt es mir fast so vor, als würden sich unsere Jobs gar nicht so sehr voneinander unterscheiden. Auch ich war wahnsinnig stolz auf die Schüler, die sich nach dem Abitur dafür entschieden, Sprache und Literatur zu studieren. Und wahrscheinlich ist das der Teil meiner Arbeit, den ich am liebsten habe: Fähigkeiten zu entdecken oder sagen wir eher Interesse zu wecken und so eine Fähigkeit in jemandem wachsen zu lassen. Besonders, wenn es etwas Unerwartetes ist. Aber Mayas Welt kam mir so unendlich viel aufregender vor als meine. Ich weiß ehrlich gesagt nicht, was sie von meiner Welt dachte. Ihre bestimmte das Leben von uns beiden. Weil ich ein Teil davon sein wollte und wir ihre Welt teilten. Meine behielt ich für mich. Ich konnte Maya ja nicht mit in die Schule nehmen, aber ich verbrachte sehr viel Zeit in der Galerie. Und dann … ja, jetzt gehört die Galerie mir, auch wenn ich mich damit nicht tagtäglich auseinandersetze. Aber ich muss das ändern. Mich entscheiden, was ich machen will. Wie ich alles machen will.«

Da legte Emma ihre Hand auf meinen Arm und zeigte in den Himmel. Hoch oben flog ein Schwarm kleiner schwarzer Vögel anmutig durch die Luft. Da riss die Schar auseinander, es bildeten sich kleine Gruppen und vereinten sich wieder.

»Hier nennt man die kleinen schwarzen Vögel *estornell*. Sind das vielleicht Stare? Ich habe so etwas noch nie gesehen. Nur hier. Aber möglicherweise liegt es auch daran, dass ich mich vorher nie dafür interessiert habe. Hier hatte ich auch das erste Mal das Gefühl, dass mich die Natur umarmt, dass ich mit ihr eins bin. Aber das spüre ich nur selten. Vor allem seit ich wieder allein bin.«

Wir standen nebeneinander, den Blick zum Himmel gerichtet.

»Man kann gar nicht den einzelnen Vogel sehen. Als wären sie eine zusammenhängende Figur. Wie Ballett am Himmel. Oder ein bewegliches Kunstwerk. So seltsam und so wunderschön.« Emma hob die Hand, als würde sie der Flugbahn der Vögel folgen.

»Maya und ich sind oft hier spazieren gegangen. Das hier war neutraler Boden. Etwas, das wir zusammen entdeckt hatten. Wie das Haus. Das war unser Zuhause. In Barcelona hatte jede von uns ihre eigene Wohnung behalten. Zumindest bis auf Weiteres, so hatten wir uns das gedacht. Wir waren nur hier wirklich zusammen. Darum ist es vielleicht auch merkwürdig, dass ich hierbleibe. Obwohl nichts mehr so ist, wie es war, und ich mich zu nichts mehr zugehörig fühle. Vielleicht klammere ich mich daran, weil ich die Erinnerung nicht verlieren will.«

Wir hatten die Stelle erreicht, an der wir auch auf dem Hinweg eine Pause gemacht hatten, und kletterten die kleine Klippe hoch. Emma setzte sich, ich blieb neben ihr stehen und sah hinaus aufs Meer. Ohne etwas von der Aussicht wahrzunehmen.

»Wir wollten unser erstes gemeinsames Weihnachten zusammen feiern. Meine Ferien hatten schon früher begonnen, also beschlossen wir, dass ich vorfahren und alles vorbereiten sollte. Wir hatten ein paar Freunde eingeladen, die wir beide kannten und mochten, dazu gehörten auch Raul und Agnés. Und Pau. Maya war wie immer fürs Essen zuständig. Ich war nur ihre Assistentin. Du weißt ja, was für eine hoffnungslose Köchin ich bin. Aber sie hatte mir eine Einkaufsliste geschrieben. Und mir einen Haufen Gläser und Porzellan in den Wagen gepackt. ›An Weihnachten kann man doch nicht vom Geschirr fremder Leute essen‹, hat sie gesagt und dabei gelacht. Nachdem wir alles eingeräumt hatten, umarmte sie mich. ›Fahr vorsichtig, Mariona‹, hat sie gesagt und mich dreimal geküsst. Ein Kuss auf jede Wange und einen auf den Mund. Dann hat sie meine Haare hinter die Ohren gestrichen und mich dabei angesehen. Diese Geste war fast noch wichtiger als die Küsse. So hatte mich oder mein Haar noch nie jemand berührt. Aber Maya hat das oft gemacht.«

Ich stand mit dem Rücken zu Emma und war mir nicht sicher, ob sie mir zuhörte. Aber das spielte auch gar keine Rolle mehr.

»Du weißt ja, wie die Straßenverhältnisse hier sind. Wie steil die Küste abfällt. Und wie kurvig es ist. Maya ist an dem Abend erst spät losgekommen. Sie hatte noch so viel zu erledigen, bevor sie die Galerie für die Feiertage schließen konnte. Sie wollte zusammen mit Raul und Agnés fahren. ›Warte nicht auf uns‹, hat sie gesagt. Als ob ich hätte schlafen gehen können, bevor sie da war.«

Es gab kein Zurück.

»Sie hatte mich angerufen, als sie aus Barcelona losfuhren. Der Empfang ist manchmal ziemlich schlecht hier unten, und ich erwartete eigentlich auch keinen zweiten Anruf von ihr. Darum dauerte es eine Weile, bis ich begann, mir Sorgen zu machen. Vielleicht hatte doch irgendetwas ihre Abfahrt verzögert. Oder sie hatten auf dem Weg eine Pause eingelegt. Ich saß oben auf der Dachterrasse und wartete. Zuerst mit der erwartungsvollen Freude, die man nur spürt, wenn man auf jemanden wartet, den man liebt. Dann mit jener Sorge, die man sich nur um jemanden macht, den man liebt. Die Stunden verstrichen. Ich redete mir ein, dass es für die Verspätung einen Haufen logischer Erklärungen gab. Ich versuchte, sie auf dem Handy zu erreichen, aber es antwortete nur die Mailbox. Auch Raul und Agnés gingen nicht ans Handy. Darum war ich erleichtert, als jemand gegen meine Tür hämmerte, und ich rannte sofort die Treppen herunter. Aber nicht Maya stand vor meiner Tür, sondern Pau.«

Ich weinte. Und ließ die Tränen laufen. Mit dem Rücken zu Emma.

»Alle drei starben. Agnés lebte noch zwei Tage, aber wir wussten, dass sie es nicht schaffen würde. Maya und Raul waren sofort tot. Die Polizei vermutete, dass ihnen ein Tier vors Auto gesprungen war und Raul die Kontrolle über den Wagen verloren hatte. Sie waren schon ganz in der Nähe, noch zehn Minuten, und sie wären da gewesen.«

Als ich verstummte, hörte ich das Meer unter mir rauschen, hoch oben schwebten Seevögel.

»Komm, setz dich zu mir«, sagte Emma, und ich drehte mich zu ihr. Ich weinte und weinte. Ich weinte, wie ich noch nie zuvor geweint hatte.

Emma strich mit der Hand über den glatten Felsen.

»Komm.«

Eine Weile saßen wir schweigend nebeneinander, ohne etwas zu sagen.

»Pau ist die ganze Nacht geblieben. Er hielt mich im Arm, bis ich endlich eingeschlafen war. Und am nächsten Morgen kümmerte er sich um alles. Begleitete mich zu allem. Führte alle wichtigen Telefonate. Kochte unzählige Kannen Kaffee und stellte mir Essen hin. Darum fällt es mir so schwer, ihn hier im Haus zu haben.«

Es strömte unaufhaltsam aus mir heraus, Dinge, von denen ich gar nicht wusste, dass sie in mir waren.

»Wenn ich ihn sehe, spüre ich sofort sein Mitleid. Dabei weiß ich, dass er genauso trauert wie ich. Raul war sein bester Freund, sie kannten sich seit der Jugend und hatten zusammen an der Kunsthochschule studiert. Pau war Rauls Trauzeuge. Und ich weiß auch, dass er Maya mindestens so sehr geliebt hat wie ich. Aber ihn zu sehen tut so weh. Vielleicht geht es ihm auch so. Vielleicht erinnern wir uns gegenseitig zu sehr an unsere Trauer. Oder er hält aus Respekt

Abstand zu mir. Wir tauschen nur ein paar Worte aus, wenn wir uns begegnen, sonst nichts.«

Emma blieb stumm. Sie gab mir Zeit, mich wieder zu sammeln. Und dafür war ich ihr unendlich dankbar.

Dann erst machten wir uns auf den Weg nach Hause.

*

Es war später Nachmittag, und ich saß auf der Dachterrasse. Emma hatte sich nach unserer Rückkehr gleich in ihr Zimmer zurückgezogen. Ich bereute keines meiner Worte. Im Gegensatz zu früher, wenn ich etwas im Vertrauen erzählt hatte, grübelte ich jetzt auch nicht stundenlang darüber nach. Ich machte mir keine Gedanken, wie ich mich ausgedrückt hatte oder was für einen Eindruck ich hinterlassen hatte. Ganz im Gegenteil, ich fühlte mich erleichtert. Vielleicht hatte sich für mich das erfüllt, was Emma beschrieben hatte? Es ging gar nicht um das Vertrauen, sondern darum, endlich etwas in Worte zu fassen, womit ich mich bisher aus Angst nie konfrontiert hatte. Hatte ich es mir selbst erzählt? Ich hatte es weder verkleinert, verzerrt noch vernichtet. Alles, was ich mit mir herumgetragen hatte, war nach wie vor da. Klarer als vorher. Und ich war erleichtert. Es war mir nicht leichtgefallen. Aber auch nicht so schwer, wie ich befürchtet hatte.

Wir hatten wegen des Abendessens noch nichts besprochen. Ich hatte aber keinen großen Hunger. Trotzdem stand ich auf, um im Kühlschrank nachzusehen, was es gab.

Es war still im Haus, und ich versuchte, leise zu sein, um Emma nicht zu stören. Aber als ich an ihrer Tür vorbeiging, öffnete Emma sie.

»Habe ich dich geweckt?«

Sie schüttelte den Kopf.

»Ich habe gar nicht geschlafen, nur ein bisschen ausgeruht. Ich habe festgestellt, dass ich ruhen kann, ohne schlafen zu müssen. Das ist ein Riesenschritt. Ich habe mir lange Sorgen wegen meiner Schlafstörungen gemacht. Und habe eine ganze Weile Tabletten genommen. Aber die haben nicht wirklich geholfen, ich war nur tagsüber immer müde. Jetzt bin ich viel erholter, obwohl ich nicht viel geschlafen habe.«

Sie lächelte, und ich sah wieder die jüngere Emma in ihr.

»Wir haben nicht viel da, um uns etwas zum Essen zu machen«, sagte ich, nachdem ich in den Kühlschrank geschaut hatte. »Wollen wir in die Stadt gehen? Es muss ja nicht spät werden oder etwas Großes sein. In der Nähe gibt es viele kleine Lokale.«

Und genau das taten wir.

Da es noch früh am Abend war, bekamen wir sofort einen Tisch in einem kleinen Restaurant unten in der Stadt. Wir redeten nicht viel, waren beide in unsere Gedanken vertieft. Aber es war kein unangenehmes Schweigen.

Als wir das Hauptgericht gegessen hatten, stellte Emma ihr Glas beiseite.

»Warum bist du dir immer so sicher, dass du weißt, was andere Leute denken, Maria?«

Emma legte ihren Kopf auf die Seite und sah mich aufmerksam an. Ich zuckte mit den Schultern.

»Bin ich das?«

»Du sagst es zumindest ziemlich oft. Du behauptest zu wissen, was Mama gedacht hat. Auch in den Jahren, in denen du sie kaum gesehen hast. Und auch praktisch nichts von ihrem Leben wusstest. Und dann behauptest du, dass Pau Mitleid mit dir hat. Woher weißt du das?«

»So etwas spürt man doch?«

»Ist das wirklich ausreichend? Ist dir nie in den Sinn gekommen, dass du dich irrst? Hast du auch mal anderen zugehört, wie die eine Situation erlebt haben und dir dann eingestanden, dass du alles falsch verstanden hast? Wie kannst du dir immer so sicher sein? Und das, obwohl dich andere Menschen gar nicht interessieren?«

»Wie kommst du denn darauf?«

»Da muss ich nicht draufkommen. Das sagst du doch die ganze Zeit. Und du zeigst es auch. Du hast dich nie bei uns gemeldet und gefragt, wie es uns geht. Wolltest du das nicht wissen? Hast du nie an uns gedacht?«

»Habt ihr denn an mich gedacht? Bei mir hat sich auch nie jemand gemeldet. Als hätte ich gar keine Familie. Was weißt du denn von meinem Leben? Hast du denn mal an mich gedacht? Hast du dich gefragt, ob ich vielleicht einsam bin? Oder ob ich Heimweh habe? Ob ich mir wünsche, dass es jemanden interessiert, ob ich lebe oder tot bin? Du hast doch keine Ahnung.«

Emma lehnte sich über den Tisch.

»Jetzt machst du das schon wieder! Tust so, als wüsstest du, was ich denke. Oder vielmehr, was ich nicht gedacht habe. Aber du hast uns verlassen! Ich habe dir doch gesagt, wie schrecklich ich dich vermisst habe! Dass ich nicht wusste, wie ich es ohne dich schaffen sollte, als du uns verlassen hast. Du hast keine Ahnung, wie es danach zu Hause war. Wie einsam ich gewesen bin.«

»Ich verstehe, was du mir sagen willst. Aber ich hatte nie den Eindruck, dass ich dir irgendetwas bedeutet hätte. Oder dass ich für dich verantwortlich gewesen wäre. Du warst ja nicht mein Kind – du warst meine Halbschwester. Ich kannte dich doch kaum. Und ich hatte nicht das Gefühl, dass wir zusammengehören. Ich gehörte zu niemandem, nachdem ich Amanda verloren hatte.«

»Für mich war es genau andersherum. Nach Amandas Tod hätte ich dich noch viel mehr gebraucht. Nicht aus praktischen Gründen, sondern um die Trauer zu teilen. Für mich warst du ein Teil von Amanda. Ihr Spiegelbild. Ich habe um jeden Preis versucht, deine Aufmerksamkeit zu bekommen. Ich wollte, dass du mich siehst. Nicht wie Amanda es getan hat. Aber ich wollte, dass du weißt, dass ich deine Trauer gesehen habe. Meine eigene Trauer war unerträglich. Ich wollte dich trösten dürfen. Und ich wollte auch von dir getröstet werden. Dass wir uns gegenseitig Kraft geben. Aber du hast mir nur den Rücken zugedreht. Und bist gegangen.«

Ich sah in Emmas flehende Augen.

»Ich war zehn Jahre alt, als du aus meinem Leben verschwunden bist.« Ihre Stimme war so leise, dass ich sie kaum hören konnte. Aber ich wusste, was sie sagte. Und auf einmal überkam mich die Erinnerung. Ich erinnerte mich an ihren kindlichen Blick und wie ich versuchte, diesem Blick auszuweichen. Ich konnte damals nicht damit umgehen. Und konnte es auch heute noch nicht.

»Ich kann nicht teilen, Emma. Ich weiß nicht, wie das geht. Für mich bedeutet zu teilen nur Verlust. Niemals Gemeinschaft. Es wäre unerträglich gewesen, dich zu sehen, dich wahrhaftig zu sehen. Dann hätte ich nicht weitermachen können. Nur indem ich meinen Weg gegangen bin, konnte ich Amanda in mir bewahren. Wenn ich dich sah, sah ich immer nur Amandas Abwesenheit. Ich hatte nur mit Amanda teilen können, ohne zu verlieren.«

»Aber Amanda hat nicht alles mit dir geteilt, Maria.«

»Wir haben *alles* geteilt. Das haben wir immer so gemacht. Wir kannten uns ganz genau. Ich glaube, das kannst du auch gar nicht verstehen.«

Emma schüttelte sanft den Kopf.

»Man weiß nie *alles* über einen Menschen.«

»Bei uns war das auf jeden Fall so.«

»Wir müssen über Amanda reden, Maria. Wir müssen es tun, bevor es zu spät ist.«

»Tun wir das nicht gerade? Über Amanda reden?«

Mir wurde plötzlich übel, und ich schob den Teller von mir weg.

Emma schüttelte wieder den Kopf.

»Nicht das, was ich meine. Wir müssen über ihren Tod sprechen.«

Ich sprang auf.

»Entschuldige mich. Ich muss mal auf die Toilette gehen.«

Ich lief durch das mittlerweile voll besetzte Restaurant und spürte den starken Impuls, einfach weiterzugehen. Weg von dort, so lange zu laufen, bis sich alle Gedanken aufgelöst hatten. Bis ich wieder in meiner Stille war, für die ich so hart gekämpft hatte. Aber ich ging nur auf die Toilette.

Ich stand vor dem fleckigen Spiegel und sah mich an, während ich meine Hände unter das laufende Wasser hielt.

Maya hatte ungefähr dasselbe gesagt wie Emma.

»Geh nicht immer davon aus, dass die Leute wirklich das denken, was du glaubst, Maria. Wir Menschen sind Mysterien, und oft wissen wir doch selbst nicht, was wir denken. Wir rationalisieren rückblickend und interpretieren neu. Missverständnisse. Wunschdenken. Es ist wichtiger herauszufinden, was man selbst denkt, als darüber nachzudenken, was andere womöglich gerade denken. Es hat keinen Sinn, Gedanken in die Köpfe anderer übertragen zu wollen. Lass die über ihre eigenen Dinge grübeln. Es ist wichtiger, sich selbst zu verstehen. Das ist schon schwer genug.« Und sie hatte Recht. Aber bei ihr hatte ich auch nie das Bedürfnis, mir vorzustellen, was sie dachte. Denn ich wusste, dass sie mich liebt.

Ich starrte mein Spiegelbild an.

Aber was hatte ich von Mayas Gedanken gewusst, den innersten, geheimsten?

Das Einzige, was ich mit absoluter Sicherheit wusste, war,

dass *ich sie* geliebt hatte. Und ich hatte mit so tiefem Vertrauen geliebt, mit einer so hingebungsvollen Liebe, dass ich dafür gekämpft hätte.

Meine Liebe zu Amanda hatte sich nie so angefühlt.

Amanda war einfach sie selbst. Die andere Hälfte von allem, was ich war. Ich hatte sie als etwas Selbstverständliches gesehen, so wie ich auch mich als etwas Selbstverständliches betrachtet hatte. Aber ich habe sie nicht geliebt, wie man einen anderen Menschen liebt. Ich habe sie wie mich selbst geliebt.

Lange hielt ich meine Hände unter den brummenden Trockner.

Als ich an unseren Tisch zurückkam, war Emma nicht mehr da. Der Kellner sah meinen überraschten Gesichtsausdruck und kam zu mir.

»Ihre Freundin musste schon gehen. Sie bat mich, sie bei Ihnen zu entschuldigen. Und sie hat auch schon bezahlt.«

Ich dankte ihm und verließ das Restaurant.

Machte mich auf den Heimweg. Blieb aber nach wenigen Schritten wieder stehen. Emma hatte einen Schlüssel, wahrscheinlich wollte sie sich schon hinlegen. Ich drehte um und ging hoch zur Kathedrale. Als ich vor dem Portal stand, öffnete sich die Tür, und ein alter Mann kam heraus. Er lächelte mich an und fragte, ob ich in die Kirche wolle. Er sprach Spanisch, nicht Katalanisch, und ich deutete es so, dass er mir ansehen konnte, dass ich keine Einheimische war. Nicht wirklich dazugehörte. Ich nickte.

»Ich wollte gerade abschließen, aber wenn es wichtig ist,

dann gehen Sie ruhig rein. Ich rauche eine Zigarette und warte hier draußen auf Sie.«

Ich dankte ihm und betrat die Kathedrale.

Am Altar standen ein paar Kerzen, die flackerten, sonst war es in der Kirche so dunkel wie immer. Ich ging zu den Opferlichtern, warf eine Münze in den Kasten und wählte meine Kerze aus. Ich hatte keine Gebete, und hätte mich jemand gefragt, was ich denke, ich hätte kaum antworten können. Warum war ich hierhergekommen und nicht wie Emma nach Hause gegangen? Denn ich ging davon aus, dass sie nach Hause gegangen war. Ich setzte mich in eine der hinteren Bänke, nahe am Ausgang. Und ich versuchte, das zu tun, was ich immer tat. Ich versuchte, meinen Körper zu verlassen. Wenn auch nur für einen kurzen Moment. Aber es war unmöglich. Ich war zu präsent, zu aufdringlich und schob alles in den Schatten. Nach einer Weile stand ich wieder auf.

Als ich wieder bei den Opferkerzen stand, erkannte ich, dass ich um meiner selbst willen hierhergekommen war. Um ein Gebet aufzusagen, das mir galt und das mir doch unmöglich war.

Der ältere Mann stand draußen an die Mauer gelehnt. Als er mich hörte, drehte er sich zu mir um.

»Ich hoffe, Sie haben gefunden, wonach Sie gesucht haben.« Er lächelte freundlich.

»Oh, was ich suche, ist schwer zu finden.«

»Hat Ihnen die Zeit in der Kirche dabei vielleicht ein wenig helfen können?«

»Das tut es eigentlich immer. Aber heute ist es mir schwerer gefallen.«

»Erst wenn man das Schwere bearbeitet hat, kann es leichter werden. Und man sollte nicht unterschätzen, wie wertvoll es ist zu wissen, dass man nach etwas sucht. Das ist ein Anfang. Ein guter Anfang.«

»Das mag wohl sein«, sagte ich und dankte ihm.

Ich schlenderte durch die schmalen Gassen hinunter zum Kai. Es war windstill, die Wellen schwappten ganz sanft gegen die Kaimauer. Es war ein langer Tag gewesen. Wir hätten nicht über Amanda sprechen sollen. Es war zu spät. Nicht nur die Tageszeit, sondern in jeder Hinsicht zu spät. Was es zu sagen gab, hätte vor langer Zeit gesagt werden müssen.

Ich überquerte die Straße, die zum Haus führte, als ich Emma meinen Namen rufen hörte. Zuerst konnte ich nicht zuordnen, woher ihre Stimme kam, aber dann sah ich sie auf der Bank unter dem einzigen Baum auf dem kleinen Platz sitzen.

»Ich wollte nach Hause gehen, aber dann fiel mir ein, dass ich gar keinen Schlüssel habe.«

»Oh, das tut mir leid, ich war mir sicher, dass du einen dabeihast. Außerdem dachte ich, dass du vielleicht ein bisschen allein sein wolltest. Darum bin ich spazieren gegangen.«

»Komm, setz dich doch zu mir.«

Ich setzte mich, und sie legte eine Hand auf meinen Arm. Ihre Finger waren eiskalt.

»Frierst du nicht?«

Sie antwortete nicht, zog nur ihre Hand zurück und schob sie unter ihren Schal.

»Ich will mich entschuldigen.«

»Wofür?«

»Ich hätte nicht von Amanda anfangen sollen.«

Ich wusste nicht, was ich sagen sollte. Ich wusste ja noch nicht einmal, was ich dachte. Ich wollte nicht über Amanda reden. Zumindest glaubte ich, dass ich nicht über Amanda reden wollte. Aber ich war mir nicht mehr so sicher, was ich wollte und nicht wollte.

»Meine erste Erinnerung an Amanda ist, wie wir am Küchentisch sitzen und Grimassen schneiden.«

Die Bilder waren sofort wieder da. Und das Gefühl, das ich gehabt hatte: die Sicherheit, dass es jemanden gibt, der einen vollkommen versteht.

»Wir haben nichts gesagt, nur unsere Gesichter sprachen. Und wir konnten die Gedanken der anderen lesen. Amanda schloss ihre Augenlider, schob ihre Unterlippe vor und drehte ihren Kopf zur Seite. Oder sie starrte mich nur an. Und ich wusste immer ganz genau, was sie dachte. Ich erinnere mich an das befriedigende Gefühl zu wissen, dass sie mich verstand. Manchmal sind wir einander ins Wort gefallen. Sie beendete meinen Satz und andersherum. Allerdings erinnere ich mich auch an Situationen, in denen ich sie überhaupt nicht verstand. Als sie an Weihnachten unbedingt ein rotes Samtkleid anziehen wollte und Mama mir natürlich auch so eins kaufen wollte. Wir waren noch klein, vielleicht fünf. Aber ich wollte lieber so ein blau-weißes Matrosenkleidchen, das ich im Schaufenster gesehen hatte. Und ich kann mich noch genau an den Triumph und an mein Schuldgefühl erinnern, als ich es bekommen habe. Als hätte ich Amanda betrogen. Wenn ich jetzt daran zurückdenke, hat meine Wahl Amanda vermutlich überhaupt nicht verletzt. Vielleicht hat sie sich sogar gefreut, dass sie als Einzige das rote Kleid tragen durfte? Ist durchaus möglich. Dass es nur mir damit schlecht ging. Aber die ganz große Veränderung, die für immer zwischen uns stehen sollte, das warst du, Emma.«

»Bist du dir da sicher? Vielleicht war ich viel unbedeutender, als du dachtest? Vielleicht war ich nichts anderes als das rote Kleid?«

Ich schüttelte den Kopf.

»Nein, Amanda hat dich geliebt, Emma. Am Anfang fand sie bestimmt die Vorstellung toll, ein Baby zu haben. Eine lebendige Puppe.«

Emma lachte.

»Aber bald schon hat sie den Menschen Emma geliebt. Dich als Person. Und da war noch etwas.«

»Aha, was denn?«

»Ich glaube, sie mochte es, Verantwortung zu übernehmen. Sie hatte auf einmal eine Rolle in dieser Familie – wenn wir das so nennen wollen. Eine Rolle, die nur sie ausfüllte. Und die war wichtig. Sie war genau genommen deine Mama, obwohl sie noch so klein war. Und dadurch wurde sie auch für unsere Mama sichtbar, glaube ich. Entlastete sie dadurch. Nicht dass Mama etwa dankbar dafür gewesen wäre. Niemals. Aber trotzdem. Und vielleicht galt das auch für deinen Vater. Amanda wurde zu einem Teil von dir. Wie eine zusätzliche kleine Mutter. Ihr beide habt euch ein Zimmer geteilt, ich hatte ein eigenes. Ich war außen vor. Euch sagte er in der Tür gute Nacht. Aber zu mir kam er ins Zimmer und machte die Tür hinter sich zu. Fast jeden Abend. Um ›gute Nacht‹ zu sagen. Es war furchtbar, ekelhaft. Er hat mich nur angegrapscht, nicht mehr, aber ich fand es grauenhaft.«

»Maria, es tut mir so leid ... Vielleicht war ich etwas ganz anderes für Amanda? Vielleicht hat Amanda sich hinter mir versteckt?«

»Du weißt, dass das nicht stimmt, Emma. Amanda hat sich nie versteckt. Sie hat nie etwas vorgespielt. Ich weiß nicht, ob sie wusste, wie es mir geht. Ich habe es niemandem erzählt. Nicht einmal Amanda. Oder vielleicht gerade Amanda nicht. Auch Mama habe ich es nie gesagt. Aber ich bin sicher, dass sie es wusste.«

Ich sah Emma an.

»Aber du wusstest es, oder? Wenn du zu mir ins Zimmer getapst bist, lange nachdem wir ins Bett gegangen waren. Du hast immer einfach nur dagestanden.«

Emma nickte.

»Ich wusste nur, dass du traurig bist – ich war ja noch so klein. Und ich habe jedes Mal gehofft, dass du dich zu mir umdrehen würdest. Ich hatte mir gewünscht, dass du die Decke hochhebst und ich mich zu dir legen darf. Aber du hast dich kein einziges Mal umgedreht. Obwohl ich genau wusste, dass du noch wach bist.«

Ich legte meine Hand vorsichtig auf Emmas Arm. Zu mehr war ich nicht imstande.

»Vielleicht hast du Amanda idealisiert, Maria. Und vielleicht irrst du dich, was Mama angeht.«

Tat ich das? Aber wenn Amanda ein Teil von mir war, idealisierte ich mich dann selbst? Oder teilte ich uns auf, und Amanda war die gute und ich die schlechte Seite ein und derselben Person? Und was war mit meiner Mutter? Was hatte sie gewusst? Was hatte sie sich für Gedanken gemacht? Die absolute Gewissheit, die mich all die Jahre begleitet hat, löste sich allmählich auf. Alles wurde unscharf, ich konnte nicht mehr richtig sehen. Nicht mehr klar denken.

»Ich weiß nicht. Es ist ziemlich kalt. Du frierst doch bestimmt. Wollen wir nach Hause gehen?«

*

Ich wollte gleich ins Bett. Oder zumindest allein auf der Dachterrasse sitzen, aber Emma kam mit mir die Treppe hoch. Es war kühler als an den Abenden davor, darum setzten wir uns rein auf das Sofa, ließen aber die Schiebetür zur Terrasse offen.

»Vielen Dank für diesen schönen Tag.«

»Nichts zu danken. Ich bin schon lange nicht mehr am Cap de Creus gewesen. Ich habe das immer vermieden. Aber jetzt kann ich wieder dorthin gehen.«

»In zwei Tagen fahre ich. Ich habe überlegt, ob ich mir ein Taxi nehme. Meinst du, Pau kann mir dabei helfen?«

Bald waren sie vorbei, diese Tage, vor denen mir so graute. Dann würde ich das Haus wieder ganz für mich allein haben. Dann würde es endlich wieder so still werden wie zuvor. Aber ich fand keinen Trost bei diesem Gedanken. Oder gar Erleichterung.

»Erzähl mir von Maya.«

Darauf war ich nicht vorbereitet.

Ich stand auf und stellte mich mit dem Rücken zu Emma in die Tür zur Terrasse und sah hinaus in die Dunkelheit. So hatte ich einen Augenblick Bedenkzeit. Ich war mir nicht sicher, ob ich noch mehr teilen wollte. Dann aber drehte ich mich um und holte eine Schachtel, die neben dem Sofa stand.

»Da ist alles drin«, sagte ich und stellte die Schachtel auf den Tisch.

»Hier drin sind meine Erinnerungen an Maya.«

Ich holte die Fotos raus und breitete sie auf dem Couchtisch aus. Es waren nicht viele, sie passten problemlos nebeneinander darauf.

Emma rutschte vom Sofa und kniete sich vor den niedrigen Tisch. Vorsichtig nahm sie ein Foto nach dem anderen, betrachtete es und legte es wieder hin. Nachdem sie alle angesehen hatte, setzte sie sich wieder aufs Sofa.

»Ich wünschte, ich hätte sie kennengelernt.«

Ich konnte Emma jetzt unmöglich in die Augen sehen, ich war mir sicher, dass ich sofort anfangen würde zu weinen. Darum stand ich wieder auf und ging auf die Terrasse. Ich hörte, wie Emma mir folgte.

»Warum ist sie nicht zu Mamas Beerdigung gekommen?«

»Ich weiß es nicht, Emma. Vielleicht hatte ich Angst.«

»Angst?«

Ich drehte mich zu ihr um.

»Ja, Angst. Bei uns zu Hause herrschte immer Missgunst. Die war immer spürbar, in großen und in kleinen Dingen. Die kleinste Freude musste im Keim erstickt werden. Mama hat nicht nur gesagt, dass man das Schicksal nicht herausfordern darf, indem man glücklich ist. Sie war auch gleichzeitig der Richter, der entschied, ob man zu glücklich war und darum keinen Zutritt gewährt bekam. Die Zugehörigkeit erforderte große Opfer. Man musste sein Glück, sein Selbstvertrauen, seine Freude und jeden kleinen Erfolg abstreifen. Nur unglücklich konnte ich mir manchmal einreden, dass ich für einen kurzen Moment Mamas Anerkennung bekam. Du weißt ja, wie wenig da zu erwarten war. Um überhaupt einmal gesehen zu werden. Ich weiß, Mama wäre bei der Beerdigung ja nicht mehr dabei gewesen, aber in gewisser Weise hatte ich die Befürchtung, sie würde auch über ihren Tod hinaus Einfluss haben. Und ich wollte kein Risiko eingehen, wollte nicht gezwungen sein, mich zwischen meiner Liebe und meiner Familie entscheiden zu müssen. Ich wollte Maya da raushalten, glaube ich. Mit Elliot war es dasselbe. Obwohl wir fast sechs Jahre zusammen waren, habe ich ihn Mama nie vorgestellt. Oder dir. Aber bei Maya hatte ich noch größere Angst.«

»Das habe ich noch nie so gesehen. Aber wenn du es jetzt beschreibst, kann ich es nachvollziehen. Ich habe wahrscheinlich irgendwie gespürt, dass ich als Belohnung für meine Schwäche Wärme und Nähe von Mama bekam. Weißt du noch, wie oft ich als Kind krank war? Dann fühlte ich mich akzeptiert. Nur dann. Aber meine Erfolge … Nicht dass es davon besonders viele oder besonders bemerkenswerte gab, aber für die hat sich Mama nie interessiert. Und als ich das eine Mal die Lucia beim Luciafest in der Schule sein durfte, ist sie gar nicht gekommen. Ich habe ununterbrochen zum Eingang gesehen, während mir das Wachs in die Haare tropfte. Ich habe die ganze Zeit gehofft, dass sie doch noch kommen würde. Dass sie sich nur verspätet hat. Aber sie ist gar nicht aufgetaucht. Wie ich schon sagte, ich war oft das Opfer. Kränklich, verletzlich, ängstlich und unsicher. Und ich hatte dem nichts entgegenzusetzen. Ich sehnte mich so unendlich nach ein klein wenig Liebe.«

Emma sah mich wieder mit diesem flehenden Blick an, mit dem ich nicht umgehen konnte.

»Ich brauchte dich, Maria. Weil du so stark warst. Du hattest dem etwas entgegenzusetzen. Und ich glaube, das hat Mama immer Angst gemacht.«

Dieser Gedanke war so absurd, dass ich lachen musste.

»Du hättest keine Angst haben müssen. Ich hätte deine Maya herzlich willkommen geheißen. Aber um mich ging es wahrscheinlich nie. Es ging immer nur um Mama.«

Erst jetzt sah ich, dass sie ein Foto in der Hand hielt und es nachdenklich betrachtete.

»Ihr ähnelt euch ein bisschen, Maya und du.«

Ich nahm ihr das Foto aus der Hand. Ich erinnerte mich

genau, wann es entstanden war. Maya stand vor ihrer Galerie in der Carrer Enric Granados. Sie hatte gerade ihr neues Schild geliefert bekommen und zeigte lachend darauf: MA. M stand für Maya und A für Art. Sie sagte, dass wir es austauschen würden, wenn ich aus dem Schuldienst ausscheiden und in der Galerie einsteigen würde: ›Dann setzen wir einfach noch ein M davor, und es wird zu MMA.‹ Das war das erste und einzige Mal, dass sie diesen Wunsch geäußert hatte.

Das ist Maya vor ihrer Galerie in Barcelona. Das Schild war gerade angebracht worden. Es war ein sehr glücklicher Tag. Einer von vielen glücklichen Tagen. Ich finde, man kann das sehen.« Für einen kurzen Moment fragte ich mich, ob es vielleicht nur für mich so offensichtlich war. »Ich glaube, dass ich das gar nicht kann. Also, glücklich aussehen, meine ich. Auch wenn ich es bin. Ich entdecke da keine Ähnlichkeit. Ganz im Gegenteil. Sie war für mich all das, was ich nicht bin. Das faszinierte mich.«

»Ich finde schon, dass ihr euch ähnlich seht. Wie ein altes Ehepaar.« Sie lächelte, und ich konnte nicht anders, als mich davon anstecken zu lassen.

»Maya besaß eine tiefe Freude, Emma. Auch wenn sie ernst war. Sie konnte diese Freude nicht ablegen. Und sie beeinflusste alles, was Maya tat. Ich konnte nicht genug davon bekommen. Es war berauschend, sich einfach nur in ihrer Nähe aufzuhalten. Dann sah die Welt ganz anders aus.«

Ich sah aufs Meer. Die Lichter der Stadt warfen lange glitzernde Streifen auf die schwarze Wasseroberfläche. Derselbe Anblick wie an den vielen Abenden, an denen ich genau an dieser Stelle gestanden hatte. Die warmen, glücklichen Abende. Und ich sah die einsamen Abende. Sie alle hingen wie Perlen an einem Band, die ersten funkelnd und hell, die folgenden mit einem flackernden, schwachen Schimmern.

Emma ging wieder ins Haus, und ich folgte ihr. Wir setzten uns aufs Sofa.

»Ich habe so oft an diesen Augenblick gedacht. Als wir auf der Beerdigung das Geschirr zusammen abgeräumt haben. Und ich dich dann hierher eingeladen habe. Ich habe mich oft gefragt, was mich dazu veranlasst hat. Mir ist das unbegreiflich. Ich wollte eigentlich nur die Beerdigung so schnell wie möglich überstehen, zurückfliegen und nie wieder an Mama denken müssen. Aber es ist mir einfach so rausgerutscht. Vielleicht wollte ich dir zeigen, wie glücklich ich bin. Wie ich hier lebe. Ja, vielleicht wollte ich dir mein Leben mit Maya zeigen. Das dachte ich bisher. Aber jetzt bin ich mir nicht mehr sicher.«

Emma hatte ihre Füße aufs Sofa gelegt und sich eine Decke genommen.

»Und was denkst du jetzt?«

»Ich habe die Einladung sofort bereut, kaum dass ich sie ausgesprochen hatte. Ich konnte nicht begreifen, was da über mich gekommen war. Denn ich wollte auf keinen Fall, dass du hierherkommst. Und als du dich dann nicht mehr gemeldet hast, habe ich sie ganz einfach vergessen. Und überhaupt nicht mehr daran gedacht.«

Emma lächelte.

»Ja, das habe ich wahrscheinlich auch so verstanden. Aber ich konnte die Einladung nicht vergessen. Sie war wie eine warme Hand. Etwas Tröstendes, woran ich mich festhalten konnte, als meine Welt in sich zusammenbrach. Als ich nichts mehr hatte, da hatte ich doch immer noch dich. Und deine Einladung. Und das eine Mal habe ich keine Rücksicht darauf genommen, was du wohl davon halten würdest, wenn du meine Mail liest. Du hattest mich ja schließlich eingeladen. Also schluckte ich meinen Stolz hinunter. Außerdem wollte ich dich auch wirklich wiedersehen. Das war mir wichtig. Du kannst dir wahrscheinlich gar nicht vorstellen, wie wichtig es für mich war. Aber ich hätte mich natürlich nicht weiter aufgedrängt, wenn du überhaupt nicht oder sogar mit Nein geantwortet hättest.«

Ich sah meine Schwester lange an. Sie wirkte so klein und zerbrechlich, wie sie da zusammengekauert unter der Decke saß. Im Halbdunkeln sah sie rührend jung aus und gleichzeitig auch ganz alt. Es war, als könnte ich ihr ganzes Leben sehen.

»Ich glaube, du hättest Maya gemocht.«

Ich zögerte, wusste nicht, wie ich es ausdrücken sollte. Oder ich wusste ganz einfach nicht, was ich dachte. Als würden die Gedanken in diesem Augenblick erst entstehen, ganz zaghaft, einer nach dem anderen. Ich ließ die Worte kommen.

»Und ich glaube, Maya hätte dich gemocht. Und jetzt wird mir auch klar, dass ich dich genau aus diesem Grund eingeladen habe. Ich habe dich dort stehen sehen, habe gesehen, wie erschöpft du warst. Und ich war dankbar, dass du dich um alles gekümmert hast. Und ich war erleichtert. Dass es endlich überstanden war. Dass nur noch wir beide übrig waren. Du und ich. Und ich wollte dir zeigen, dass ich keine Angst mehr vor dem Glücklichsein hatte. Ich fand, dass mir diese Liebe zustand. Und ich wollte, dass du mich in meinem Glück siehst. Mein wahres, liebevolles Ich.«

Ich hatte meine Tränen so lange zurückhalten können, aber jetzt begann ich zu weinen. Unfassbar, wie viele Tränen ich noch in mir hatte.

»Und ich wollte kommen, weil ich immer gewusst habe, dass du das in dir trägst, Maria. Ich hätte alles gegeben, um dich glücklich zu sehen.«

Ich versuchte eine Geste, um meine Hilflosigkeit auszudrücken. Ich war unfähig zu sprechen. Darum stand ich auf und ging auf die Dachterrasse. Ich schloss die Augen und nahm ein paar tiefe Atemzüge, aber ich weinte die Tränen eines ganzen Lebens. Es dauerte sehr lange, bis ich mich wieder beruhigt hatte.

Emma saß auf dem Sofa, als ich zurückkam.

»Ich will versuchen, dir meine Liebe zu Maya zu erklären.«

»Du musst mir gar nichts erklären. Ich kann doch sehen, wie sehr du sie geliebt hast.«

»Aber ich will. Ich will, dass du es verstehst.«

Warum war mir das so wichtig? Wieder hatte ich das

Gefühl, nach Worten zu suchen, um es eigentlich mir selbst zu erklären.

»Ich war nie auf eine Beziehung aus. Ich hatte auch nie Schwierigkeiten, allein zu sein. Mittlerweile schon. Aber nicht das Alleinsein fällt mir schwer. Sondern mein Leben ohne Maya ist unerträglich. Ich habe immer lange Phasen gehabt, in denen ich allein war. Vielleicht hat das was mit dem Verlust von Amanda zu tun. Die Einsamkeit, die mich danach überwältigte, hat mich mein ganzes Leben lang begleitet. Ich glaube, sie ist ein Teil meiner Persönlichkeit geworden. Hat mich zu dem Menschen gemacht, der ich jetzt bin. Und meine Beziehungen haben daran eigentlich nie etwas ändern können. Auch in guten Beziehungen war ich allein. Auch in den sechs Jahren mit Elliot.«

Das klang so seltsam. Sechs Jahre hatten wir miteinander verbracht und nie über meine Familie gesprochen. Ich hatte ihm zwar von Amanda erzählt, aber bin mir nicht sicher, ob ich Emma erwähnt habe. Elliot war allerdings auch nie besonders interessiert. Ein einziges Mal sprachen wir darüber, nach Schweden zu fahren, um eventuell meine Familie zu besuchen. Aber aus der Reise ist nie etwas geworden. Und kurz darauf haben wir uns getrennt.

»Es ist schon merkwürdig, dass er weder dich noch Mama kennengelernt hat. Ich weiß nicht, wie ich uns beide gesehen habe. Vielleicht war er für mich nie wirklich ein beständiger Teil meines Lebens. Ich weiß gar nicht, ob ich je daran gedacht habe, dass wir irgendwann heiraten könnten. Und Kinder bekommen. Wir wohnten zusammen und hatten ein schönes Leben, in jeder Hinsicht. Ich war glücklich, so wie ich damals glücklich sein konnte. Wir hatten gemeinsame Interessen. Er war Professor für romanische Sprachen. Wir waren gerne auf Reisen. Ich hatte nie das Bedürfnis, irgendetwas daran zu ändern. Ich habe auch nicht Schluss gemacht. Also, nicht direkt, vielleicht aber doch irgendwie. Elliot wollte mehr – wie auch Olof damals –, als ich ihm geben konnte. Vor allem wollte er Kinder. Er hat nie etwas eingefordert, aber ich erlebte ihn ja mit den Kindern von anderen. Vor allem mit den drei Kindern seiner Schwester. Manchmal redete er ganz unverfänglich davon, aber ich wusste genau, was er dachte, was er sich erhoffte. Und mir war klar, dass ich ihm das nicht würde geben können. Von diesem Augenblick an war unsere Beziehung gescheitert. An einem Nachmittag im Frühsommer saßen wir auf einer Bank im Regent's Park. Das Wasser des Sees war spiegelblank, und die milde Luft duftete nach Frühlingsblumen. Es war ein wunderbarer Nachmittag. Wie geschaffen für Liebe und Freude. Aber wir quälten uns durch ein Gespräch, das wir schon viel früher hätten führen sollen. Wir weinten beide. Als wir wieder nach Hause gingen, hatten wir unsere Beziehung beendet.«

»Und ich habe nicht einmal gewusst, dass er überhaupt existiert hat.« Emmas Stimme klang wie aus weiter Ferne.

»Ja, ich weiß. Hinterher habe ich mich oft gefragt, wie wir so lange zusammenleben konnten, ohne die wichtigsten Fragen im Leben zu besprechen. Aber das Gegenteil war der Fall, ich war dankbar, dass Elliot niemals Fragen gestellt hat. Er hat nie etwas von mir verlangt. Und auch ich habe keine Fragen gestellt, obwohl wir seine Schwester ab und zu getroffen haben. Aber vor allem habe ich ihn nie nach seinen Träumen gefragt. Wie er seine oder unsere Zukunft sah. Und so kann man doch nicht leben. Nicht zusammen und nicht auf Dauer.«

»Viele leben so, Maria. Ohne jemals mit den Hoffnungen und Träumen des anderen konfrontiert zu werden. Es ist sonderbar, aber so ist es.«

»Eigentlich will ich dir nur deutlich machen, dass ich nicht heimlich von einer Beziehung zu einer Frau geträumt habe. Dass ich vielleicht nur deshalb wenige und nicht besonders tiefe Beziehungen gehabt hatte. Nein, auf den Gedanken bin ich einfach nie gekommen. Ich vermute, dass ich mir insgesamt wenig Gedanken über mein Privatleben gemacht habe. Natürlich habe ich Leute kennengelernt. Als Single wird man von seinen wohlwollenden Freunden ja gern mit anderen Singles zusammengebracht. Aber nach Elliot habe ich keine neue Beziehung angefangen. Erst als ich Maya begegnete. Ich weiß nicht, ob du mir glaubst, wenn ich dir sage, dass ich keine Sekunde darüber nachgedacht habe, dass ich mich in eine Frau verliebt hatte. Oder aus diesem Grund gezögert hätte. Ich habe in ihr immer nur den Menschen gesehen, den ich liebte. Es ist nicht so, dass sie nicht mit auf die Beerdigung gekommen ist, weil ich mich nicht mit einer Frau zeigen wollte. Mir war das überhaupt nicht unangenehm. Denn Maya war für mich das Selbstverständlichste von der Welt, und sie war vollendet. Ich liebte alles an ihr. Ihr Aussehen. Ihren Geruch. Ihre Stimme. Ihre Hände. Ihre Bewegungen. Ihr Lachen. Ihre Gedanken und Ideen. Aus alldem setzte sich Maya zusammen. Es war einfach alles, was sie ausmachte. Und da es für mich so selbstverständlich war, sollte es auch für die anderen so sein. So war es natürlich nicht wirklich, aber ich beschloss, die negativen Kommentare oder Reaktionen gar nicht an mich heranzulassen. Ich liebte Maya, und nichts konnte etwas daran ändern. Ich kann mir nicht vorstellen, dass jemals ein Mensch wieder so Teil meines Lebens wird. Ganz gleich ob Mann oder Frau.«

»Wenn ich dich jetzt von ihr erzählen höre, wünsche ich mir noch viel mehr, dass ich sie kennengelernt hätte. Und dich erlebt hätte als die Maria, die deine Liebe aus dir gemacht hat. Ich vergleiche das mit mir. Und ich muss mir eingestehen, dass ich nicht einmal annähernd eine solche Liebe empfunden habe. Als Olof mich verließ, war meine Trauer nicht so groß wie deine. Ich frage mich jetzt, ob es überhaupt Trauer war. Vielleicht war es eher Panik. Ich hatte Angst. Ich hatte furchtbare Angst, allein zu sein. Weil ich das vorher noch nie gewesen war. Erst jetzt. Zum ersten Mal. Und das ist beklemmend und beängstigend.«

Schweigend saßen wir nebeneinander. Ich war müde. Spürte aber nicht den Drang, den Abend zu beenden. Der halbdunkle Raum mit dem Meeresrauschen im Hintergrund war der perfekte Rahmen.

»Hast du den Umschlag schon geöffnet?« Emma zeigte auf die Schachtel, die auf dem Couchtisch stand.

Ich schüttelte den Kopf.

»Wirst du es noch tun?«

»Ich weiß nicht. Ich habe noch gar nicht darüber nachgedacht.«

Und das stimmte tatsächlich. Ich hatte keine Sekunde an den Umschlag gedacht. Aber die Schachtel war auf keinen Fall der richtige Aufbewahrungsort. Ich wollte den Umschlag nicht so nah bei mir haben. Genau genommen wollte ich ihn überhaupt nicht haben. Ich beschloss, ihn ganz woanders hinzulegen. Oder ihn wegzuwerfen.

»Es gibt nichts, was ich noch über Mama wissen will. Und nichts, was ich besitzen will.«

Im flackernden Schein der Kerzen auf dem Tisch glitzerten Emmas Augen.

»Hast du dich nie gefragt, wie ihr Leben gewesen ist? Ihre Kindheit?«

»Warum hätte ich das tun sollen? Sie war ein erwachsener Mensch, als ich ihr das erste Mal begegnet bin. Meine Mutter. Ich war das Kind. Nicht sie.«

»Aber unsere Kindheit prägt uns doch alle. Und je älter man wird, desto deutlich sieht man das Kind in den anderen Erwachsenen, finde ich. Als würden sie zwar in erwachsenen Körpern herumlaufen, aber das Kind mit sich herumtragen, das sie einmal gewesen sind.«

»Darüber haben wir doch schon gesprochen. Aber ich finde, du übertreibst. Ich habe Menschen kennengelernt, die eine ganz schreckliche Kindheit hatten, aber zu guten, rücksichtsvollen und reifen Persönlichkeiten geworden sind. Und ich kenne auch Menschen, bei denen das genaue Gegenteil der Fall ist.«

»Aber es ist in uns. Das kleine Kind, das wir gewesen sind. Unsere Erinnerungen. Unsere Enttäuschungen. Die Trauer. Aber auch das Gute. Man kann selbst wählen und aussortieren und entscheiden, woran man sich festklammern will.«

»Du bist ja richtig philosophisch. Und bestimmt der bessere Mensch von uns beiden. Aber wir alle machen es eben so gut, wie wir können.«

Wir sahen uns an.

»Aber wenn es dich glücklich macht, werde ich den Umschlag öffnen. Und werde mir seinen Inhalt ansehen. Ich verspreche es dir.«

»Mir zuliebe sollst du das nicht tun. Sondern dir zuliebe, Maria. Nur dir zuliebe. Und darum machst du es so, wie du es willst.«

Etwas wackelig stand sie auf, ob es an dem langen Tag oder am Wein lag, konnte ich nicht sagen.

»Das war ein schöner Ausflug heute. Aber ich spüre ihn im ganzen Körper. Ich lege mich hin. Morgen haben wir ja auch was vor. Und wir müssen das Essen noch einpacken, bevor es losgeht. Also, Gute Nacht, Maria.«

Ich blieb noch eine Weile sitzen. Ich konnte mir nicht vorstellen, wie der nächste Tag werden würde. Wir waren früher oft mit Paus kleinem Segelboot rausgefahren. Lange, faule Tage, wenn zu viele Touristen in der Stadt waren. Wir hatten in einer Bucht geankert, waren baden gegangen, hatten Musik gemacht und gelesen. Oft waren Freunde mit dabei gewesen, dann vertäuten wir die Boote miteinander und konnten von einem zum anderen springen. In diesem Jahr hatte ich nicht mitgemacht. Ich war mir nicht einmal sicher, ob Pau noch Segeltouren unternahm, so wie früher.

Ich stand auf und öffnete den Rechner.

Zu meiner großen Überraschung hatte ich eine Mail von Anna bekommen.

Hallo Maria!
Ich war super erleichtert, als ich gehört habe, dass Mama bei dir ist. Pass gut auf sie auf. Sie braucht dich. Und wer weiß, vielleicht brauchst du sie auch?
Kuss Anna

Wie sollte ich das verstehen? Die beiden machten sich Sorgen umeinander. Warum erzählten sie das mir, statt es sich gegenseitig zu sagen? Keiner von ihnen brauchte mich. Vielleicht brauchten sie einander, aber dann könnten sie sich doch selbst darum kümmern, statt mich da mit reinzuziehen?

Was war nur schiefgelaufen bei uns? Was hatte diese entsetzliche Unfähigkeit verursacht, direkt und deutlich zu kommunizieren?

Ich öffnete die Datei mit meinem Tagebuch und schrieb ein paar Zeilen.

Alles ist anders. Ich weiß noch nicht, ob es auch besser ist. Es ist anders. Noch zwei Tage. Ich dachte, ich würde ihre

Abreise herbeisehnen. Aber jetzt bin ich mir nicht mehr sicher. Ich will nicht, dass sie noch länger bleibt. Das ist es nicht. Aber ich will nicht mehr allein in diesem Haus sein.

Auf einmal überkam mich eine unendliche Müdigkeit. Ich stand auf und holte die Bettlaken aus dem Korb, in dem sie tagsüber lagen, und breitete sie auf dem Sofa aus. Dann setzte ich mich und nahm die Schachtel vom Couchtisch. Ich strich mit der Hand über den Deckel. Es war eine kleine Pappschachtel, nicht viel größer als ein Schuhkarton. Meine Kleidung und alles andere waren unten in einem der kleinen Schlafzimmer untergebracht. Aber den Inhalt dieser Schachtel wollte ich immer bei mir haben. In schlaflosen Nächten öffnete ich sie und betrachtete die Gegenstände. Ich schob die Fotos zusammen, nahm den Umschlag, den mir Emma gegeben hatte, und legte ihn beiseite. Darunter lag Mayas Brief aus der Anfangszeit. Ein paar ihrer Schmuckstücke. Ihr Parfüm war fast leer, aber es roch noch nach ihr. Und mein altes Handy. Ich steckte es ans Ladekabel, das in der Steckdose hing. Ich lud es regelmäßig auf, damit ich es anschalten konnte, wenn ich es wollte. Denn es hatte Mayas Stimme gespeichert. Alte Nachrichten von ihr. Und die Fotos natürlich. Ein paar Selfies von uns auf der Terrasse. Ein Foto, auf dem Maya schräg hinter mir steht und meine Haare hinter mein Ohr streicht. Ein Foto von uns im Profil, so nah, dass unsere Nasenspitzen sich berühren. Ich blätterte sie durch, so behutsam wie immer. Besorgt, dass ein unachtsamer Tastendruck sie für immer löschen könnte. Ich ließ das Handy am Ladekabel und lud die Bilder herunter. Der Umschlag lag auf dem Tisch. Ich nahm ihn in die Hand, zögerte. Der hatte nichts in der Schachtel zu suchen. Dann schloss ich die Schachtel und legte den Umschlag obendrauf.

FÜNFTER TAG

Pau hatte mit dem Wetter Recht behalten. Wir hätten uns kein besseres wünschen können. Ich stand auf der Dachterrasse und sah wie jeden Morgen aufs Meer. Der Himmel war wolkenlos und klar, die glitzernde Wasseroberfläche wurde von einer sanften Brise gekräuselt. Kein Mensch war zu sehen. Aber Cadaqués erwachte immer spät, vor allem zu dieser Jahreszeit.

Als ich nach unten kam, war Emma schon damit beschäftigt, das Essen für den Ausflug einzupacken. Für mich gab es kaum noch was zu tun.

»Ich hoffe, dass es reicht. Es ist ja nur Brot, Käse und Obst.«

»Das ist doch nicht nur. Ich finde, es sieht perfekt aus. Das wird nur peinlich, wenn wir zu viel mitnehmen. Ich bin mir nicht sicher, ob das eine so gute Idee ist«, sagte ich und setzte mich.

»Ja, ich finde es auch komisch. Ich bin nicht besonders seetüchtig. Wie du weißt. Ich mag es weder im Wasser, noch auf dem Wasser zu sein. Außerdem werde ich ja so schnell seekrank. Aber das Wetter könnte nicht besser sein, darum hoffe ich mal, dass alles gut geht.«

»Das ist nicht das, was ich gemeint habe.«

»Nein, ich verstehe, glaube mir. Aber vielleicht solltest du nicht weiter denken als nur an diesen einen Tag heute. Nur an den Ausflug. Versuch, im Hier und Jetzt zu sein.«

Hier und Jetzt? Aber ich wollte nicht im Hier und Jetzt sein. Ich wollte nicht mit Pau und Emma den ganzen Tag auf einem Segelboot sitzen. Der Gedanke machte mir Angst. Und die allzu vertraute Gereiztheit kehrte zurück.

»Vielleicht wäre es besser, wenn Pau nur dich mit auf den Ausflug nimmt«, sagte ich, obwohl ich wusste, dass ich Emma damit vor den Kopf stieß. Die kleinen Schritte, die wir in den letzten Tagen aufeinander zu gemacht hatten, fühlten sich auf einmal so unwirklich an. Und bedeutungslos. »Ich war ja schon oft segeln.«

»Ich bin hierhergekommen, um Zeit mit dir zu verbringen. Ich hätte Paus Angebot niemals ohne deine Zustimmung angenommen. Ich kenne ihn doch gar nicht.«

Ich trank meinen Kaffee aus und stand auf.

»Okay, dann los. Lass uns zu Pau gehen und nachsehen, ob er auch schon fertig ist.«

*

Paus Segelboot war ein Fischerboot, ein klassischer katalanischer Einmaster. Zumindest dachte ich das. Es gab viele, die so ähnlich aussahen. Es war ein Holzboot, außen in einem warmen Rot gestrichen und innen in einem hellen Gelb. Die Ausstattung war vermutlich der neuen Bestimmung angepasst worden, seitdem es nicht mehr als Fischerboot benutzt wurde. Es gab nur drei schmale Sitzbänke und einen kleinen Stauraum für das Gepäck.

Emma nahm Paus ausgestreckte Hand dankbar an, als sie aufs Boot kletterte. Sie setzte sich und sah mit einem dünnen Lächeln zu mir hoch.

»Stoß das Boot ab, wenn du reinspringst«, sagte Pau. Als wäre das die natürlichste Sache der Welt. Als hätte ich es schon hundertmal gemacht. Natürlich war ich auf einigen Touren dabei gewesen, aber da hatte sich Maya immer um diese Dinge gekümmert. Ich machte die Tampen los und wartete auf Paus Zeichen, um an Bord zu springen. Für eine kurze Schrecksekunde sah ich mich mein Gleichgewicht verlieren und ins Wasser fallen. Als ich es schließlich doch geschafft hatte, mich abzustoßen und an Bord zu springen, fühlte es sich ganz einfach und selbstverständlich an.

Kaum hatten wir die Bucht verlassen, frischte der Wind auf und blähte das Segel. Es war kein harter Wind, aber ausreichend, um uns sanft voranzubringen. Ich blieb dort sitzen, wohin ich gesprungen war, im Bug. Ich lehnte mich über die Reling und schaute in das türkisblaue Wasser. Genau wie Emma hatte ich das Wasser immer gemieden. Ich vermeide auch Bootstouren und Badeausflüge. Meine Liebe zum Meer beschränkt sich auf die Betrachtungen vom Land. Und den Geruch. Besonders diesen. Dieser Geruch gehört zu einer Zeit, die ich mir bewahren will. Die salzige Luft und Mayas Parfüm. Ihre Stimme. Mit den Geräuschen des Meeres im Hintergrund. Und die Musik, die auch immer mit dem Meer verbunden war. Vor allem Lluís Llach. *Bressol de tots els blaus. Eine Wiege für all das Blaue.* Das hatte Pau immer gesungen. In einer anderen Zeit. Es war alles noch da, gefangen in seiner ganz eigenen Zeitkapsel. Aber ich konnte nur von außen teilnehmen. Konnte mich erinnern, aber nicht die Gefühle heraufbeschwören. Ich lehnte mich noch weiter über die Reling und zerteilte mit der Hand die Wasseroberfläche. Es spritzte. Das Wasser war kühl, aber nicht kalt, und ich hielt mein Gesicht noch tiefer, um die feinen Tröpfchen auf meiner Haut zu spüren.

Als ich mich umdrehte, sah ich Emma auf einer der Sitzbänke ausgestreckt. Sie wirkte sehr gelöst. Ihre nackten Füße lagen auf der Reling, und sie lachte herzlich über irgendetwas, das Pau gerade gesagt hatte.

Wie vermutet segelten wir nach Norden, vorbei am Cap de Creus und die Küste hinauf. Der Wind war leicht, alles war schwerelos und angenehm. Obwohl wir nicht viel Fahrt machten, war es dennoch kaum möglich, quer übers Boot und am Mast vorbei eine Unterhaltung zu führen. Aber das kam mir sehr entgegen. Ich lehnte mich zurück und ließ mir die warme Oktobersonne aufs Gesicht scheinen.

Pau reffte das Segel, und wir ankerten in einer kleinen Bucht. Zwei kleine Inseln gaben uns Schutz. Das unebene Lavagestein sah aus, als hätte man einen Gegenstand mit Elefantenhaut bezogen. Wie Teile eines gigantischen Körpers, der unter Wasser lag. Pau fragte uns, ob wir an Land gehen wollten, aber Emma und ich schüttelten beide den Kopf.

Pau und Emma unterhielten sich, obwohl hauptsächlich Pau redete, denn er hatte viel über die Gegend und den Nationalpark zu erzählen. Über die ungewöhnlichen geologischen Formationen an der Stelle, wo die Pyrenäen ins Mittelmeer tauchten. Und über Politik, natürlich. Und Emma war eine sehr interessierte Zuhörerin. Zumindest hatte ich den Eindruck. Ich nahm mein Buch und begann zu lesen, hatte aber Schwierigkeiten, mich zu konzentrieren. Ab und zu streiften mich Bruchstücke ihrer Unterhaltung, aber ich unternahm keinerlei Anstrengung, daran teilzunehmen. Stattdessen genoss ich den blauen Himmel über mir und die sanften Wellenbewegungen des Bootes unter mir. Genauso waren jene anderen Tage auf dem Meer gewesen. In meiner Erinnerung waren es unzählige, aber tatsächlich hatten wir nicht so viele Wochenenden hier verbracht und waren auch nicht immer segeln gegangen.

»Hast du deine Gitarre dabei?«

Die Worte kamen mir über die Lippen, bevor ich darüber nachdenken konnte.

Pau hob den Blick. Ich hatte den Eindruck, dass er sich erst sammeln musste.

»Ich spiele nicht mehr so oft.«

Dabei ließen wir es bewenden.

Ich war eingeschlafen, als Pau sich erhob und das Boot zu schaukeln begann.

»Was meint ihr? Seid ihr ein bisschen hungrig? Wollen wir Mittagessen machen?«

Wir packten aus, was wir mitgenommen hatten.

Dann holte Pau seinen Grill hervor.

»Oh, ich hatte so gehofft, dass du ihn dabeihast!«, sagte ich und lächelte. »Sardinen?«

»Ja, aber nur weil sie gestern Abend frisch reingekommen sind. Ich fand, Emma sollte das probieren.« Er erwiderte das Lächeln, unsere Begeisterung freute ihn.

Wir bauten den Grill im Bug auf, und Emma und ich legten eine Decke auf eine der Sitzbänke und stellten alles darauf, was wir mitgenommen hatten: Brot, Käse, Oliven, Tomaten. Pfirsiche. Ich hätte nicht gedacht, dass ich schon Hunger haben würde. Aber die Sachen sahen alle sehr verführerisch aus.

»Wollt ihr eine Runde schwimmen gehen, während ich den Grill anschmeiße?«, fragte Pau. Vielleicht meinte er Emma damit. Denn wie ich es mit Meer und Baden hielt, wusste er ja eigentlich.

Emma und ich sahen einander an, blieben aber stumm.

»Das Wasser ist unglaublich klar in dieser Bucht. Es ist eine beliebte Gegend bei Tauchern.«

Als es ihm nicht gelang, uns eine Reaktion zu entlocken, zuckte er mit den Schultern und konzentrierte sich auf seinen Grill.

Emma zeigte sich sehr interessiert und stellte ihm Fragen über den Fisch, den er grillen wollte.

Pau hockte neben dem Grill, Emma kniete auf der Sitzbank und stützte ihre Ellenbogen an Deck ab. Ich hörte ihre Stimmen, beteiligte mich aber nicht am Gespräch, sondern lehnte mich wieder über die Reling. Das Wasser war wie Glas, türkisfarben und so klar, dass ich fast bis auf den Grund des Meeres sehen konnte. Kurz darauf duftete es nach gegrilltem Fisch.

Dann aßen wir. Der Fisch war natürlich das Highlight, aber Emma hatte die perfekten Zutaten eingekauft. Die Sonne wärmte uns, das Wasser schlug glucksend gegen die Bordwand. Wir nippten am Weißwein. Ich zog mich wieder zurück an den Bug und legte die Füße auf die Reling.

Ich hörte Emma lachen. Ein junges, befreiendes Lachen. Voller Lebensfreude. So hatte sie bestimmt früher gelacht. Vor langer Zeit. Ich konnte mich nicht an ihr Lachen erinnern. In meiner Erinnerung war sie stumm. Ich drehte mich um und schaute sie an. Sie saß jetzt quer auf der Sitzbank, stützte sich mit den Händen ab und lehnte sich vor. Ihr Gewicht balancierte sie auf den Zehenspitzen, den Kopf hatte sie anmutig zu Pau gedreht. Sie war schön. Ein Bild kam mir in den Sinn. Ich erinnerte mich daran, wie ich sie beim Schlafen beobachtet hatte. In welchem Zusammenhang wusste ich nicht mehr, nur die Szene. Emma war noch klein, höchstens ein paar Jahre alt. Wir waren allein im Zimmer, vielleicht machte sie Mittagsschlaf. Ich beugte mich vor, mein Gesicht war so nah an ihrem, dass ich ihren warmen Atem spürte. Ihr blondes Haar lag wie ein Kranz um ihren Kopf, ich nahm eine Strähne zwischen meine Finger, rieb sie und roch daran. Ihr Geruch überraschte mich, er war zart, kaum wahrnehmbar. Und ich musste an Blumen denken, die ihren Duft nur preisgeben, wenn man ihre Blüten zerreibt. Die nur duften, wenn man sie zerstört.

Ich fühlte mich nicht wohl.

Ich hörte Bruchstücke der Konversation zwischen Emma und Pau.

Es überkam mich ohne Vorwarnung. Wieder so ein unwiderstehlicher Impuls.

Ich sprang auf, zog mein T-Shirt aus und stellte mich auf die Sitzbank.

Ich bin nicht wirklich gesprungen. Ich habe nur einen Schritt über die Reling gemacht.

Und sank. Sank und sank. Ich öffnete die Augen. Sonnenstrahlen fielen in das türkisblaue Wasser. Ich streckte meine Hand aus und zerteilte sie. Alle Geräusche waren gedämpft, mein Herzschlag übertönte alles.

Ich sank.

Ich hielt meine Arme dicht am Körper, um den Widerstand zu verringern.

Trotzdem wurde ich immer langsamer.

Zum Schluss schwebte ich regungslos im Türkis.

Einen schier unendlichen, schwindelerregenden Augenblick lang. Als würde mein Herzschlag meine Haut durchdringen und in das ebenfalls unendliche Meer pulsieren. Kleine Partikel schwebten anmutig durch das Wasser, beleuchtet von den Strahlen der Sonne.

Ich konnte mir vorstellen, für immer hierzubleiben. Ich wollte es.

Aber ich stieg langsam, unaufhaltsam, und ohne mich zu bewegen, nach oben.

Plötzlich über mir, eine Wolke aus weißen Blasen. Ich spürte die Vibration auf meiner Haut. Und die Gewissheit, dass ich nicht mehr allein war. Mich streifte etwas, strich an meiner Wade vorbei.

Ich hob die Arme über den Kopf und stieg jetzt schneller an die Oberfläche. Pau hatte sich über die Reling gelehnt, sprungbereit.

Er nahm meine Hand und zog mich an Bord.

Dann drehte er sich wieder um und sah besorgt aufs Wasser.

»Ich weiß nicht, was passiert ist, sie ist einfach gesprungen. So wie sie war.« Da tauchte Emmas Kopf auf der Wasseroberfläche auf, und Pau streckte auch ihr seine Hand entgegen.

Emma schnappte nach Luft und musste kämpfen, um sich oben zu halten. Aber sie griff nicht nach Paus Hand. Ohne nachzudenken, sprang ich wieder ins Wasser.

Sie schlug meine Hände weg, als ich sie festhalten wollte, und setzte ihren Kampf fort, über Wasser zu bleiben. Ich schwamm um sie herum und legte meine Arme um sie.

»Ich habe dich, Emma.«

Sie trat mit den Beinen nach mir und schlug mit den Armen um sich.

»Ich habe dich.«

Ich hielt sie mit dem einen Arm fest und machte drei Schwimmzüge zurück zum Boot. Pau packte sie an den

Handgelenken und zog sie an Bord. Es sah aus, als würde er seine ganze Kraft aufwenden, ohne dass sie mithalf. Ihr Bein schabte gegen die Reling, bevor sie sicher an Deck war. Nachdem Pau auch mir an Bord geholfen hatte, sank ich neben Emma auf den Boden. Sie zitterte vor Kälte, das nasse T-Shirt klebte an ihrem Körper. Blutverschmiertes Wasser tropfte von der Wunde an ihrem Schienbein.

»Hier, nimm meinen Pullover.«

Ich reichte ihr meinen trockenen Pullover, aber Emma schüttelte den Kopf. Sie verschränkte die Arme vor der Brust und wich meinem Blick aus.

Daraufhin zog ich mir den Pullover an. Pau kramte ein Badehandtuch hervor und legte es über Emmas Schultern. Sie zog es enger um ihren Körper und nickte zum Dank.

Pau wühlte in seiner Tasche.

»Hier, ihr nehmt jetzt beide mal einen ordentlichen Schluck Cognac, damit ihr wieder warm werdet«, erklärte er und stellte drei kleine Gläser auf die Sitzbank. Wir tranken, wortlos, schweigend. Der Alkohol brannte im Hals und in der Kehle bis hinunter in den Magen.

»Was ist los mit euch beiden? Könnt ihr nicht Bescheid sagen, bevor ihr springt?« Pau schüttelte den Kopf und setzte sich in den Bug des Bootes.

Weder Emma noch ich sagten ein Wort.

Ich fröstelte. Es war kälter geworden, und der Himmel war jetzt klarer, eisblau. Auch Pau hatte es bemerkt. Als hätte der Wind eine Schicht entfernt, die das Eisblaue verdeckt hatte.

»Emma, ich habe noch eine Ersatzhose dabei, die kannst du nehmen. Es sieht aus, als würdest du frieren …«

Ich hatte den Satz kaum fertig gesprochen, da richtete sie sich unbeholfen auf und baute sich vor mir auf.

»Ich habe doch gesagt, dass ich nichts brauche!« Sie sprach ganz leise, nur ihr Gesicht verriet, wie aufgewühlt sie war. »Behalte deine Scheißklamotten.« Jetzt flüsterte sie die Worte fast. Sie stand mit dem Rücken zu Pau und sprach Schwedisch, ich hoffte sehr, dass er sie nicht verstehen konnte. »Behalte dein Scheißcadaqués. Dein Haus. Das dir gar nicht gehört. Du kannst alles behalten! Ich war so eine Idiotin, dass ich hierhergekommen bin.«

Das Handtuch rutschte ihr von der Schulter, als sie mit einer Geste das Gesagte unterstrich. Das T-Shirt klebte an ihren Brüsten. Ich wandte den Blick ab.

Sie trat einen Schritt zurück, schwankte, das Boot schaukelte. Ich sah, dass sie weinte, aber sie gab keinen Laut von sich. Mit einem Ruck ließ sie sich auf die Sitzbank fallen.

Ich nahm einen tiefen Atemzug und sah zu Pau. Er war dabei, den Grill zu reinigen, und hatte offenbar nichts mitbekommen. Er pfiff leise, ich verstand das als einen Versuch, die angespannte Stimmung aufzulockern.

»Emma und mir ist kalt, und ich finde, es sieht nach einem Wetterumschwung aus. Vielleicht sollten wir langsam mal aufbrechen?«

»Ja, der Wind nimmt zu, hoffentlich hält das nicht so lange an. Es ist noch zu früh für die Tramontana. Zum Glück haben wir es ja nicht so weit.«

Pau lächelte, aber eine steile Falte stand zwischen den Augenbrauen. Entweder aus Verärgerung oder Enttäuschung darüber, wie der Tag sich entwickelt hatte, oder aus einem ganz anderen Grund, den ich nicht kannte.

*

Auf dem letzten Stück nahm der Wind deutlich zu, und wir kamen vollkommen durchgefroren im Hafen an. Emma verabschiedete sich bereits im Boot von Pau, ehe sie mit unsicheren Schritten übers Deck balancierte und am Heck ausstieg. Ich hatte das Boot so nah wie möglich an die Kaimauer gezogen, um es ihr leichter zu machen, und sie sprang leichtfüßig an Land. Aber sie ignorierte meine ausgestreckte Hand und machte sich wortlos auf den Heimweg. Ich half Pau beim Ausladen, und dann gingen wir langsam nach Hause. Der Wind kam von den Bergen und gefühlt von allen Seiten.

»Es tut mir leid, dass es so enden musste. Das war keine Absicht. Ich hatte auf einmal das Bedürfnis, ins Wasser zu springen. Ich habe nicht damit gerechnet, dass Emma dasselbe tun würde. Sie hat Angst vor Wasser.«

Es dauerte eine Weile, ehe Pau antwortete.

»Ich glaube, sie hatte vor allem Angst um dich. Sie wurde ganz panisch, als du im Wasser versunken bist.«

Zu meiner Verzweiflung spürte ich, wie mir die Tränen herunterliefen.

»Ich hatte nicht damit gerechnet, dass sie so reagiert.«

Pau wurde noch langsamer und sah mich nachdenklich an.

»Und ich hätte niemals damit gerechnet, dass du reinspringst. Ich habe dich noch nie schwimmen sehen.«

Ich erwiderte nichts, und er sagte nichts.

Wir hatten sein Haus erreicht.

»Ich wollte euch eigentlich fragen, ob ihr noch Lust habt vorbeizukommen. Aber so wie es aussieht, müssen wir das auf morgen verschieben. Das ist dann Emmas letzter Abend, oder?«

Er blieb vor seiner blauen Tür stehen. Die Kisten im Arm. Zum ersten Mal seit langer Zeit sahen wir uns in die Augen.

»Du warst schon lange nicht mehr bei mir«, sagte er schließlich.

Ich nickte.

»Ja, das ist lange her. Alles ist lange her.«

Er bückte sich und stellte die Kisten auf den Boden.

Dann nahm er meine Oberarme und gab mir einen flüchtigen Kuss auf beide Wangen. Ich blieb reglos stehen und ließ es geschehen.

»Vielen Dank für diesen schönen Tag. Es ist auch lange her, dass wir segeln waren.« Dann hob er die Kisten wieder hoch.

»Mir tut es furchtbar leid, dass der Tag so geendet hat. Das war alles meine Schuld.«

»Ich hatte einen schönen Tag, Maria. Ein Tag auf dem Meer ist für mich nie ein verlorener Tag. Ich hätte viel früher rausfahren sollen. *Wir* hätten das tun sollen.«

Seine grünen Augen waren ganz rot. Ich hätte nicht sagen können, ob der Tag auf dem Wasser, der Wind oder etwas anderes verantwortlich dafür war. Ich hatte Schwierigkeiten, Pau richtig zu lesen. Genau genommen bezog sich das auf alle Menschen. Emma hatte mir unterstellt, dass ich immer so tun würde, als wüsste ich, was die anderen Leute denken. Aber Pau sah ich an und hatte keine Ahnung, was er gerade dachte.

»Ja, das hätten wir früher machen sollen. Und mehr als ein paar bedeutungslose Floskeln sagen, wenn wir uns gesehen haben.«

Mit ernster Miene stand er vor mir, und der Klumpen in meinem Hals wuchs.

Aber der Moment verging wieder.

»Frag Emma und sag mir Bescheid, ob es euch morgen Abend passt.«

Dann gingen wir auseinander.

*

Als ich nach Hause kam, war von Emma weder etwas zu sehen noch zu hören. Aber ich spürte, dass sie da war. Ich bewegte mich leise, als ich in der Küche die Lebensmittel ausräumte und ging danach runter, um zu duschen. Ich blieb unter dem heißen Strahl stehen, bis mir warm war.

Dann machte ich ein Feuer in dem großen Kamin in der Küche und setzte mich davor. Es war schmerzhaft, die Ereignisse des Nachmittags noch einmal Revue passieren zu lassen, aber es musste sein. Wir hatten nur noch einen Tag, und ich hatte das alles verdorben. Ich hatte Emma hierhergelockt und ihren Aufenthalt mit einem meiner wahnsinnigen Ideen kaputtgemacht. Ich hatte Pau gegenüber behauptet, dass ich Emmas Reaktion nicht hatte vorhersehen können. Aber war das wirklich so? Maya war immer der Meinung gewesen, es sei wichtiger, sich über seine eigenen Gedanken klar zu werden, als zu versuchen, die Gedanken des anderen zu lesen und zu verstehen. Also versuchte ich zu ergründen – allerdings erfolglos –, warum ich mich so verhalten hatte. Und ich konnte beim besten Willen keine Antwort darauf finden. Ich hatte völlig impulsiv gehandelt, als wäre die Zeitspanne zwischen dem Prozess in meinem Gehirn und der Reaktion meines Körpers praktisch nicht existent gewesen. Dieser totale Kontrollverlust machte mir Angst.

Nachdem ich eine Weile in der Küche gesessen hatte, ging ich hoch auf die Dachterrasse. Es war kühl, aber der Wind hatte sich wieder gelegt. Der Himmel war nach wie vor klar und blau. Die Sonne stand schon tief und würde gleich hinter dem Bergkamm verschwinden. Ich ließ die Tür offen, setzte mich aufs Sofa und stellte die Schachtel auf meinen Schoß. Ich hatte Emma versprochen, den Umschlag aufzumachen. Es war vielleicht lächerlich, aber es erschien mir wie eine kleine Wiedergutmachung, wenn ich mir jetzt den Inhalt ansehen würde.

Ich weiß nicht, was ich erwartete hatte. Auf jeden Fall nicht das, was ich nun auf dem Couchtisch ausbreitete.

Es waren Karten, Geburtstagskarten. Eine für jedes Jahr. Seit meinem neunzehnten Geburtstag. Die letzte stammte von vor drei Jahren, da wurde ich fünfundvierzig. Die ersten zwölf Karten waren identisch. Schöne Klappkarten mit Blumenmotiv auf dem Deckblatt. Sie musste ein ganzes Set davon gekauft haben. Viel Text stand nicht drauf, und auch inhaltlich wiederholte er sich auf allen Karten.

Meine liebe Maria!
Herzlichen Glückwunsch zu deinem neunzehnten
Geburtstag!
Wir vermissen dich und denken an dich und hoffen, dass
es dir gut geht.
Mama

Die Worte waren nicht besonders persönlich, aber ich konnte ihre Stimme in der gehetzten Schrift fast hören. Das war die erste und einzige schriftliche Nachricht von ihr an mich. Ich sortierte die Karten und machte kleine Stapel. Fünf Karten pro Stapel. Fünf Stapel. Und dann zwei Karten auf dem letzten Stapel. Die Karten nach den ersten zwölf identischen variierten in Form und Größe. Und die Handschrift wurde unsicherer. In der letzten Karte konnte man gar nicht mehr von einer Handschrift sprechen. Aber lesen konnte ich es. Es war eine Ansichtskarte aus Paris, ein Schwarz-Weiß-Foto von den Buchläden an der Seine.

Meine liebe Maria!
Meine herzlichsten Glückwünsche zu deinem Geburtstag.
Ich denke immer an dich und hoffe, dass dein Leben so
geworden ist, wie du es dir gewünscht hast. Dass du es dir
nach deinen Vorstellungen gestalten konntest. Ich hoffe
vor allem, dass du jemanden gefunden hast, den du liebst.
Jemanden, der dich liebt. Das wünsche ich dir zu deinem
Geburtstag.
Deine Mama

Zu diesem Zeitpunkt war ich schon in Tränen aufgelöst. Ich konnte nicht fassen, was mit mir los war. Als hätte jemand einen Wasserhahn aufgedreht. Die Tränen liefen mir unaufhörlich übers Gesicht. Aber es war egal. Ich war allein mit mir und den Karten.

Dann fing ich wieder von vorn an. Las eine nach der anderen. Die kleinen Variationen waren kaum erkennbar, aber vor allem an den durchgestrichenen Worten blieb ich hängen. Sie musste es sich anders überlegt und wieder von vorn angefangen haben, und ich fragte mich, was sie wohl ursprünglich hatte schreiben wollen. Ich bemerkte auch, dass der Text mit jedem Jahr um ein oder mehrere Worte länger wurde. Wurden die Zeilen auch persönlicher und emotionaler? Oder interpretierte ich das nur hinein?

Was für immer ein Rätsel bleiben würde, war, warum sie die Karten nie abgeschickt hat. Sie hat immer gewusst, wo ich wohne, obwohl sie sich nie bei mir gemeldet hat. Außerdem haben wir uns bei den Familienfesten gesehen.

Weihnachten bei Emma und Olof. An Mitsommer. Nie im Leben wäre ich auf die Idee gekommen, dass sie jedes Jahr im Mai eine Geburtstagskarte für mich geschrieben hat. Nie hätte ich gedacht, dass sie sich an den Tag erinnern könnte. Oder, und das war noch unvorstellbarer für mich, dass sie bei anderen Gelegenheiten an mich gedacht hat. Überhaupt an mich dachte.

Hätte es irgendetwas geändert, wenn sie die Karten abgeschickt hätte? Die Wirkung war so auf jeden Fall größer. Hätte sie mir die erste Karte zum Geburtstag geschickt, hätte ich sie wahrscheinlich weggeworfen. Die Zeilen hätten mich nicht besonders berührt. Aber wie die Karten da nun vor mir lagen, die vielen Geburtstage, die vielen Worte, war es unmöglich, nicht davon berührt zu werden. Ich konnte sie nicht mehr fragen. Warum sie mir die Karten nicht schickte, sondern stattdessen aufhob. Mir kam der Gedanke, dass sie das genau so geplant haben mochte. Dass ich verzweifelt versuchen sollte, das zu verstehen. Zu enträtseln, welche Absicht dahinterstand. Aber so wollte ich nicht denken. Ich wollte nur das geschriebene Wort betrachten. Und die Gedanken, die sie in jedes Wort gelegt hatte. Ich wollte daran glauben.

Schwerfällig stand ich auf. Unten war es nach wie vor still. Vielleicht schlief Emma schon und wollte ihre Ruhe haben? Sollte ich mich leise aus dem Haus schleichen und allein unten in der Stadt etwas essen gehen? Oder sollte ich mir selbst was zu essen machen? Aber das würde Emma auf jeden Fall wecken.

Während ich darüber nachdachte, schob ich die Karten zusammen und steckte sie zurück in den Umschlag. Und dann legte ich den Umschlag in die Schachtel. Vorerst. Bis ich mir etwas anderes überlegt hatte.

Auf dem Weg nach unten hörte ich Emma in der Küche. Sie lehnte mit einem Glas Wasser in der Hand gegen die Spüle.

»Hast du geschlafen?«

Sie schüttelte den Kopf.

»Nein, ich kann tagsüber nicht schlafen. Ich habe doch erzählt, dass ich mich nur ausruhe. Aber heute ging das nicht. Ich war nicht wirklich müde. Mir war nur sehr kalt, und es war mir peinlich.« Sie trank ein paar Schlucke.

»Es tut mir leid, Emma.«

Sie zuckte mit den Schultern.

»Das ist doch nicht deine Schuld. Ich muss mich entschuldigen, weil ich mich so unmöglich verhalten habe. In mir ist alles zusammengebrochen, als du im Wasser verschwunden und nicht wieder nach oben gekommen bist. Ich bin ganz panisch geworden.«

Ihr Gesichtsausdruck war undurchschaubar. Oder vielleicht war er das gar nicht, vielleicht wollten wir es nur beide vermeiden.

»Und ich habe keine Ahnung, warum ich reingesprungen bin. Es hat mich ganz plötzlich gepackt. Du weißt ja, dass ich manchmal verrückte Ideen habe und ziemlich peinliche Sachen veranstalte. Die ich dann hinterher bereue. Ich muss mich entschuldigen.«

»Pau muss doch gedacht haben, dass wir beide total be-
kloppt sind.« Ein zartes Lächeln strich über ihre Lippen, so
flüchtig, dass es kaum wahrzunehmen war.

»Vielleicht, ich weiß es nicht. Er hat uns für morgen
Abend zu sich eingeladen. Hast du Lust?«

Emma ging ins Esszimmer und setzte sich. Sie war blass
und sah nach wie vor aus, als würde sie frieren. Ich legte
ein paar Holzscheite in den Kamin. Trotz des Feuers war es
immer noch relativ kühl in dem großen Raum.

»Mir ist das alles so peinlich. Ich weiß nicht. Was meinst
du?«

Ich stellte mich an die Tür zu dem kleinen Balkon, von
dem aus man einen schmalen Streifen Meer sehen konnte.
Die Sonne war untergegangen, und die Dämmerung hatte
das Licht und den Wind gedämpft. Ich drehte mich zu
Emma um.

»Ich finde, wir sollten zusagen.« Kaum hatte ich das gesagt, wurde mir klar, dass ich in Paus Atelier sitzen und ihn
singen hören wollte. Es war sehr lange her, dass ich mir
etwas so intensiv gewünscht hatte.

»Dann machen wir das«, sagte Emma.

*

Wir hatten eine Kleinigkeit gegessen. Die Reste von unserem
Bootsausflug. Ich war beeindruckt, dass Emma aus praktisch
nichts eine Mahlzeit zubereiten konnte. Wir saßen unten im
Esszimmer, zum ersten Mal. Dem Kaminfeuer war es end-

lich gelungen, den Raum aufzuwärmen, und auch Emma hatte wieder Farbe im Gesicht. Trotzdem sah sie ziemlich mitgenommen aus.

»Es tut mir leid, was ich auf dem Boot gesagt habe. Das hatte nichts mit dir zu tun. Zumindest nicht mit deinem Sprung ins Wasser. Natürlich ist das dein gutes Recht. Was ich daraus gemacht habe, ist meine Schuld.«

Ich zögerte, wusste nicht so richtig, was ich sagen sollte.

»Ich hätte ja auch einen Ton sagen können, bevor ich gesprungen bin. Aber es hat mich einfach gepackt. Und dann habe ich es gemacht, einfach so. Ich habe nicht damit gerechnet, dass es dich so mitnehmen würde. Ich habe ehrlich gesagt überhaupt nicht nachgedacht. Zumindest nicht bewusst. Du hast so gemütlich dagesessen und mit Pau geredet. Gelacht. Das sah so … so schön aus. Einfach perfekt.«

Emma schüttelte langsam den Kopf. Dann sah sie mir in die Augen.

»Ich will über Amanda reden.«

Mein Herz schlug wie wild. Ich sprang auf und begann, unsere Teller abzuräumen und neue für Käse und Obst hinzustellen.

»Du musst nichts sagen, Maria. Nur zuhören.«

»Und wenn ich das nicht will?«

»Ich kann dich nicht dazu zwingen. Aber ich möchte dich darum bitten. Hör mir einfach nur zu. Ich trage das schon so lange mit mir herum. Ich glaube, länger halte ich es nicht mehr aus.«

Obwohl sie mich um etwas bat, hatte sie nicht diesen

flehenden Ausdruck, der mir sonst immer zu schaffen machte. Im Gegenteil. Sie wirkte entschlossen. Als hätte sie sich gut darauf vorbereitet und wüsste genau, was sie sagen wollte.

»Erinnerst du dich daran, wie alles anfing?«

»Was?«

»Na, an jenem Nachmittag.«

»Natürlich tue ich das.«

»Hör mir bitte einfach nur zu, wenn ich dir erzähle, wie ich es in Erinnerung habe.«

Ich lehnte mich gegen den Stuhlrücken. Obwohl es jetzt warm im Zimmer war, spürte ich das kalte Metall durch den Pullover.

»Es war deine Idee.«

Sie warf mir einen kurzen Blick zu, bevor sie fortfuhr.

»Aber das war ja immer so, darum hat das eigentlich nichts zu bedeuten. Du hast immer angeführt, und Amanda hat mitgemacht. Und du hast sie angestachelt. Vielleicht um sie zu zwingen, sich zwischen dir und mir zu entscheiden.«

Ihre Worte hingen in der Luft. Ich schwieg.

»Heute kann ich das verstehen. Ihr wart fast sechzehn, und ich war gerade zehn geworden. Natürlich wolltet ihr andere Sachen machen. Aber Amanda hatte mich ja immer im Schlepptau. Sonst gab es ja niemanden. Auf Mama war kein Verlass, das weißt du ja. Sie war immer woanders. Auch wenn sie zu Hause war. Aber du warst immer so ungeduldig mit mir und genervt. Und Amanda saß zwischen den Stühlen. Du hast dir immer größere Herausforderungen für uns ausgedacht. Sachen, die ich eigentlich nicht machen konnte. Die ich nicht durfte und auch nicht wollte. Wie an dem Tag, als du bestimmt hast, dass wir zum Kanal runtergehen. Obwohl ich gar nicht genau weiß, ob du es gesagt hast. Oder ob du einfach losgelaufen bist.«

Sie schien nachzudenken.

»Nein, ich glaube nicht, dass du uns befohlen hast, dir zu folgen. Ich bin mir nicht einmal sicher, dass du überhaupt etwas gesagt hast, und wenn ja, was. Du hast es einfach fallen lassen, dass *du* vorhast, an den Kanal zu gehen. Wahrscheinlich wolltest du sehen, was passiert. Aber für uns spielte das gar keine Rolle. Wir sind dir immer überallhin gefolgt. Obwohl, wir alle drei wussten, dass es absolut verboten war.

Der Kanal war zu allen Jahreszeiten verbotenes Terrain. Der Abwasserzulauf war für die Verunreinigungen verantwortlich, darum durften wir im Sommer nicht dort baden. Aber am allermeisten war der Kanal im Winter verboten. Wenn er zugefroren war. Denn in der Mitte wurde eine Rinne für den regulären Schiffsverkehr freigehalten. Und direkt am Abwasserrohr war das Eis nie dick genug. Unsere Kanalseite zeigte nach Norden, darum blieb der Schnee unter den dunklen Tannen immer viel länger liegen. Die Sonne schaffte es noch nicht einmal an warmen Sommertagen dorthin. Ich kann nicht begreifen, warum du mich dorthin geführt hast.«

Ich stand auf, um eine Flasche Weißwein aus dem Kühlschrank zu holen. Als ich Emma eingießen wollte, hielt sie ihre Hand über das Glas und schüttelte den Kopf. Ich goss mir ein und setzte mich.

»Es war kalt. Weißt du noch? Die erste Märzwoche. Ein Sonntag. Es war bewölkt, grau und menschenleer. Es lag kaum noch Schnee, nur ein paar Eispfützen, die nachts zufroren und tagsüber wieder tauten. Aber an diesem Tag war es besonders kalt, alles war gefroren. Die ganze Welt war grau. Der Weg war glatt, und ich bin ein paarmal ausgerutscht. Darum liefen Amanda und ich langsamer. Du bist vorangegangen. Und du hattest ein ziemliches Tempo drauf. Der Abstand zwischen uns wurde immer größer. Amanda versuchte zwar, dich einzuholen, aber ich war zu langsam.«

Emma biss sich auf die Lippe.

»Ich sehe sie ganz deutlich vor mir, Maria. Wie sie gekämpft hat. Hin- und hergerissen zwischen dem Wunsch, neben dir zu laufen, bei dir zu sein, mit dir zu reden, deine Abenteuer mitzuerleben, deine Geheimnisse zu teilen. Und der Fürsorge für mich.«

Ich schloss die Augen. Ich wollte Emma nicht sehen. Und vor allem wollte ich nicht mehr zuhören. Aber hilflos blieb ich sitzen, unfähig, etwas zu sagen oder zu tun.

»Wir kamen an den Kanal. Unter den Bäumen auf dem kleinen Hang, der zum Wasser führte, lag noch Schnee. Gräulich mit einer Eisschicht. Es war absolut windstill. Zumindest erinnere ich das so. Ich kann das Geräusch deiner Stiefel hören, wie du über die Schneekruste läufst. In den dunklen Tannenwipfeln schreien ein paar Krähen. Ansonsten ist alles still. Als würde die Welt die Luft anhalten.«

Ich öffnete die Augen und sah, wie Emma aufstand. Sie stellte sich an die Balkontür, mit dem Rücken zu mir.

»Darf ich hier eine rauchen?«

Sie sah über die Schulter, und ich nickte.

»Natürlich.«

Ich hielt mich verkrampft an meinem Glas fest. Wir hatten beide eine Droge gefunden.

Sie zündete sich eine Zigarette an und blies den Rauch durch die geöffnete Balkontür.

»Als Amanda und ich am Ufer ankamen, warst du schon draußen auf dem Eis. Du hast kein Wort gesagt. Das musstest du auch gar nicht. Du musstest uns nie locken. Wir sind dir überallhin gefolgt, und du hast dich nie nach uns umgesehen. Auch da nicht. Du bist mit der Gewissheit weitergelaufen, dass wir hinterherkommen. Du bist leichtfüßig über die Risse im Eis gehüpft. Schnell und geschmeidig hast du dich bewegt. Amanda hielt meine Hand, und wir sind deinen Spuren gefolgt. Aber wir waren viel langsamer als du. Unser Abstand wurde immer größer. Je näher wir der Fahrrinne kamen, umso größer und breiter wurden die Risse. Die Eisschollen bewegten sich unter unseren Füßen. Ab und zu konnte man das Wasser sehen. Ich glaube, dass wir nicht gesprochen haben, aber ich konnte Amandas Angst spüren, weil sie meine Hand ganz fest hielt. Und das machte mir Angst. Dann blieb sie stehen. Wir standen ganz still, ich hörte ihren schweren Atem. Sie rief dir hinterher. Rief, dass wir umdrehen sollten. Aber du hast so getan, als hättest du sie nicht gehört. Wir standen eine Weile so da.

Ich hatte das Gefühl, dass Amanda zögerte. Das machte mir noch mehr Angst, denn sie wusste sonst immer, was zu tun war. Du warst eine dunkle Gestalt in der gräulichen Landschaft, weit weg. Dann hast du plötzlich die Richtung geändert und bist zurück zum Ufer gelaufen. Aber nicht in unsere Richtung, sondern in einem großen Bogen zurück an Land. Du bist gehüpft, es sah fast so aus, als würdest du rennen. Wir kehrten auch um, aber in deine Richtung, über noch unberührtes Eis. Wir hielten uns nicht mehr an der Hand. Ich glaube, Amanda war erleichtert. Sie ging vor mir, und ich konnte an ihrer Körperhaltung erkennen, dass sie wieder die Alte war. Sie erzählte, was wir zu Hause machen würden. Dass sie uns eine heiße Schokolade machen würde. Sie sprang über einen Riss im Eis. Dann drehte sie sich um und wollte mir helfen. In diesem Augenblick gab der Riss nach und wurde breiter, es knackte unter unseren Füßen. Ich sah, wie das Wasser von beiden Seiten über das Eis quoll. Amanda trat einen Schritt zurück.«

Emma weinte.

»Das eiskalte Wasser floss über meine Stiefel. Amanda schwankte, rutschte aus und glitt in die Spalte, die sich zwischen uns aufgetan hatte. Das alles geschah vollkommen lautlos. Schnell, und doch unendlich langsam. Keinen Laut habe ich gehört. Keinen Hilfeschrei. Es hat nicht einmal geplatscht. Nichts. Als hätte das Wasser sie rasend schnell und vollkommen lautlos verschluckt. Gerade hatte sie noch vor mir gestanden und von warmer Schokolade geredet. Und im nächsten Augenblick war sie verschwunden, und das Eis knackte, während sich die Spalte wieder schloss. Sie kam nicht wieder an die Oberfläche. Ich bewegte mich nicht und wartete, dass sich alles wie durch ein Wunder auflösen würde. Dass es ungeschehen gemacht wird. Meine Zähne schlugen aufeinander. Ein Schiff fuhr in der Fahrrinne vorbei, und als die Wellen kamen, spürte ich, wie sich das Wasser unter dem Eis bewegte. Ich muss zurück zum Ufer gelaufen sein. Ich erinnere mich nicht, aber ich muss es getan haben. Ich muss unseren Fußspuren zurück ans Ufer gefolgt sein. Ich rutschte aus und stolperte, und endlich kamen die Tränen. Als ich das Ufer fast erreicht hatte, kam ein Mann mit einem Hund vorbei. Einem Golden Retriever. Als er mich fragte, was los sei, konnte ich nicht sprechen. Ich konnte ihm das Unbegreifliche nicht schildern. Er ging in die Hocke, sah mich an, dann hinaus aufs Eis, sah unsere Fußspuren. Dann nahm er mich in den Arm. Er bat mich zu warten und rannte aufs Eis, folgte unseren Spuren. Aber da war nichts mehr. Er musste sofort begriffen haben, was geschehen war. Dann drehte er sich um und kam zu mir zurück. Der Hund war unruhig, als würde er spüren, dass etwas Ernstes passiert war. Der Mann sah sich um, wohl in der Hoffnung, noch jemanden zu entdecken, aber da waren nur der Hund und ich. Zu dem Zeitpunkt weinte ich bereits hemmungslos. Er fragte, wo ich wohne, und brachte mich nach Hause. Auf dem gesamten Weg redete er pausenlos, wahrscheinlich wollte er mich trösten, aber ich habe kein Wort verstanden. Als wäre ich nicht da. Als ob der Mann, der Hund, ja, die ganze Welt ganz weit weg wären. Und ich war ganz allein.«

Ich öffnete die Augen. Emma hatte sich zu mir gedreht.

»Aber du, Maria, du hast dich kein einziges Mal zu uns umgedreht. Du bist einfach weitergelaufen.«

Sie drückte die Zigarette am Türrahmen aus, ging zur Spüle, hielt sie unter den Wasserhahn und warf sie dann in den Müll. Dann kam sie zu mir und setzte sich wieder hin. Sie schien alles absichtlich langsam zu machen. Dann legte sie ihre Hände auf den Tisch und rieb sie aneinander.

»Es hätte nichts geändert, wenn ich da gewesen wäre«, sagte ich. »Niemand hätte Amanda retten können.«

Emmas Augen wirkten unnatürlich groß. Sie sah mich unverwandt an.

»Ja, das stimmt. Niemand hätte Amanda retten können. Da nicht. Aber wenn du auf uns gewartet hättest, wären wir mitgekommen, wären deinen Weg gegangen. Wenn du nur gewartet hättest.«

»Es war ein Unfall. Ich habe euch nicht befohlen mitzukommen. Und ich habe auch nicht entschieden, welchen Weg ihr geht.«

»Auch das ist richtig. Es war ein Unfall. Das hätte jedem passieren können. Dir oder mir. Ganz lange habe ich mir gewünscht, dass es mir passiert wäre. Ich habe davon geträumt, wie ich in die eiskalte Dunkelheit unter dem Eis gleite. Sonderbar, aber ich habe dabei nie an Amanda gedacht. Es war immer ich.«

Sie wirkte aufrichtig überrascht. Als wäre ihr dieser Gedanken erst jetzt gekommen. Sie senkte den Kopf und betrachtete ihre Hände. Sie schien zu zögern. Die Sicherheit, die sie vorher ausgestrahlt hatte, war wie weggeblasen. Jetzt suchte sie nach Worten.

»Es hätte vielleicht nichts an Amandas Tod geändert, ob du da gewesen wärst. Du hast Recht, dass niemand sie hätte retten können.«

Sie strich mit der Handfläche über den Mund, dann ballte sie die Hand zur Faust und stützte ihr Kinn darauf. Sie schwieg sehr lange, und ich fragte mich, ob sie überhaupt noch etwas sagen würde. Ich machte Anstalten aufzustehen, aber da streckte sie die Hand aus, und ich setzte mich wieder.

»Aber für mich hätte das alles geändert, Maria.«

Sie schlug die Hände vors Gesicht und schluchzte.

Ich konnte mich nicht bewegen, saß hilflos da und wartete, bis sie sich wieder beruhigt haben würde.

»Ich hatte niemanden, dem ich es erzählen konnte. Natürlich musste ich sagen, wie es zu dem Unfall gekommen war. Aber ich hatte es ja selbst nicht begriffen. Aber eine Sache hat mich besonders schockiert, Maria.«

Mein Puls raste, mein Gesicht wurde ganz heiß. Ich konnte kein Wort herausbringen.

»Mama kam uns im Flur entgegen. Danach herrschte Chaos. Die Polizei kam. Und Nachbarn, die wir gar nicht kannten. Der Mann mit dem Hund blieb lange. Ich erinnere mich, dass er lange mit mir auf dem Sofa saß und mich im Arm hielt.«

Sie hob den Kopf.

»Aber du hast die ganze Zeit am Fenster gestanden,

Maria. Ich habe mich immer gefragt, was du wohl gedacht hast.«

Es wurde so still im Zimmer, dass die Stimmen von unten aus der Stadt zu uns heraufdrangen.

»Ich dachte immer, dass Menschen, die jemanden verlieren, in ihrer gemeinsamen Trauer zueinander finden. Sich gegenseitig trösten können. Aber du hast am Fenster gestanden, mit dem Rücken zu uns. Und Mama. Mama hat nicht geweint. Sie hat mich auch nicht in den Arm genommen. Sie ist auch nicht sofort zum Telefon gerannt und hat die Polizei gerufen – das hat der Mann gemacht. Mama stand nur da. Ich bemerkte, dass sie quasi durch mich hindurchsah. Sie hatte Angst in den Augen. Da war keine Trauer. Kein Schock. Sie war fassungslos. Sie wusste nicht, was sie tun sollte. Als wir draußen im Flur standen, bist du aus deinem Zimmer gekommen. Du hast uns gesehen und sofort gewusst, was passiert war. Aber du hast kein Wort gesagt. Du bist einfach an uns vorbei ins Wohnzimmer gegangen. Und hast dich nicht mehr vom Fleck gerührt. Ich habe mir so gewünscht, dass du mich in den Arm nimmst. Dass du mir hilfst, das alles zu verstehen. Aber als es dann still wurde in der Wohnung, bist du einfach gegangen. Kein Wort hast du mit mir gesprochen. Mich keines Blickes gewürdigt. Ich hatte das Gefühl, dass du mich anklagst. Als wäre es meine Schuld gewesen.«

Ich schüttelte langsam den Kopf.

»So war es nicht, ganz und gar nicht, Emma. Ich konnte nicht anders. Ich musste weggehen.«

Wieder senkte sich das Schweigen über uns.

»Aber du hast mich zurückgelassen. Mich und Mama. Und niemand hat gefragt, wie es mir dabei geht. Niemand hat mir gesagt, wie ich damit weiterleben soll.«

»Mir hat auch niemand geholfen. Und das ist oft so im Leben. Zwei Menschen, die dasselbe betrauern, sind sich selten gegenseitig eine Stütze. Trauer ist persönlich. Man ist allein damit.«

»Du hattest kein Interesse an mir, das wusste ich ja. Aber später hast du es nicht einmal ausgehalten, mit mir in einem Raum zu sein. Ich habe eine Erinnerung, ein Bild, da war ich noch sehr klein. Ich bin mir gar nicht sicher, ob ich mich richtig erinnere. Aber das muss es sein, so etwas kann ich mir nicht ausgedacht haben, dazu ist es viel zu seltsam. Ich glaube, ich habe Mittagsschlaf gemacht, darum muss ich noch ziemlich klein gewesen sein. Ein paar Jahre alt vielleicht. Ich habe gedöst und bemerkte, dass du an meinem Bett gestanden hast. Obwohl ich noch so klein war, hatte ich schon begriffen, dass ich meine Augen nicht öffnen sollte. Also lag ich ganz still da. Ich spürte, wie nah du warst, hörte deinen Atem an meinem Ohr. Und dann hast du etwas Merkwürdiges gemacht. Etwas Unerwartetes. Du bist mir noch nie so nah gewesen. Und dann hast du eine Haarsträhne von mir zwischen deine Finger genommen und daran gerochen, glaube ich. Es war ganz schnell wieder vorbei, und dann bist du wieder aus dem Zimmer gegangen. Ich habe mich immer gefragt, warum du das getan hast.«

»Ich erinnere mich genau daran. Ich habe vor Kurzem

erst daran gedacht. Das war das einzige Mal, dass ich deinen Geruch wahrgenommen habe. Das einzige Mal, dass ich dir so nahe gekommen bin, dass ich ihn riechen konnte. Amandas Geruch war wie mein eigener, den habe ich gar nicht gerochen. Aber dein Haar roch nach dir. Daran erinnere ich mich.«

»Aber warum – warum hast du das getan?«

Da war er wieder, der flehende Gesichtsausdruck. Doch ich konnte ihr keine Antwort geben. Ich wusste ja selbst nicht, warum ich es getan hatte. Ich erinnerte mich nicht an die Zusammenhänge, hatte nur diesen einen kurzen Ausschnitt.

»Du hast dich nie für mich interessiert. Ich war ein Ding, das Amanda mit sich herumgeschleppt hat. Und das sie, wenn es nach dir gegangen wäre, am besten weggelegt hätte.«

Ich nickte.

»Aber ich habe auch den Menschen in dir gesehen, Emma. Wenn ich dich manchmal beobachtet habe, wie du mit Amanda zusammen warst und ihr Spaß hattet … oder es euch zusammen einfach gut ging … Ja, dann wollte ich am liebsten einfach abhauen.«

»Aber warum tust du das immer? Warum haust du immer ab, Maria? Warum wartest du nicht ein bisschen, bevor du so einen Entschluss fasst? Gib den Menschen doch die Chance, sich zu erklären. Warum gehst du davon aus, dass du ihre Gedanken, ihre Gefühle lesen kannst? Amanda liebte dich. Dich zuallererst. Sie hat sich um mich gekümmert, und dafür habe ich sie geliebt, so wie ein Kind seine

Mutter lieben sollte. Aber ich weiß nicht, ob Amanda mich wirklich geliebt hat. Ich war von ihr abhängig. Ohne sie hätte ich es nicht geschafft. Weißt du nicht mehr, Maria, wie oft wir allein gelassen wurden? Für mich war Amanda meine Mutter. Ich habe ihr vertraut. Sie hat mich nie im Stich gelassen. Aber ich wusste immer, dass du ihre Nummer eins bist. Es gab nur Amanda und dich.

Ich habe schon früh ihre Not gesehen, sich entscheiden zu müssen, zwischen der Verantwortung mir gegenüber und der Liebe zu dir. Und ich bin mir sicher, dass sie sich niemals für mich entschieden hätte. Sie wusste aber, dass ich ohne sie nicht überlebt hätte. Und sie hat sich gewünscht, dass du das verstehst. Aber du hast dich von ihr abgewendet, Maria. Wie du es immer gemacht hast, mit allen. Du gehst einfach, wenn es nicht genau so ist, wie du es dir vorgestellt hast. Aber nichts ist perfekt. Nichts ist vollkommen. Manchmal muss man sich mit dem begnügen, was man bekommen kann. Aber du wolltest immer alles. Und hast immer zu viel erwartet. Von allen. Hast du nie darüber nachgedacht, was du Olof antust, als du nach London gegangen bist? Hast du nichts empfunden, als du einfach abgehauen bist?«

»Ich musste da weg. Ich habe es nicht mehr ausgehalten. Und er durfte nicht erfahren, dass ich schwanger war. Ich konnte nicht mehr mit ihm zusammen sein. Darum musste ich gehen.«

»Was hast du nicht mehr ausgehalten? Welche Last musstest du tragen, die ich nicht auch hatte?«

»Du? Du hattest doch den Platz an der Sonne! Schön, erfolgreich und geliebt. Dein Vater vergötterte dich. Ich fand ihn zwar widerlich, aber ich habe doch gesehen, wie sehr er dich geliebt hat. Und für Mama warst du die Tochter, die sie sich eigentlich gewünscht hat. Amanda und ich waren ein Fehler. Ein tragischer Fehler. Aber du, du warst die Bestätigung dafür, dass sie es endlich geschafft hatte.«

»Sie wollte doch gar nicht mich. Sie wollte meinen Vater. Und das Leben, das er ihr versprochen hat. Ein Leben, das immer nur in Mamas Fantasie existierte. Und als alles in sich zusammenstürzte, als Papa erniedrigt, ohne Geld und ohne Liebe dastand, war sie mit mir allein. Und wenn sie mich ansah, sah sie in Wirklichkeit durch mich hindurch. Sie sah in mir nur ihr Scheitern. Aber wenn sie von dir sprach, war sie immer voller Bewunderung. Sie bewunderte alles, was du gemacht hast. Deine Erfolge. Und die Liebe *eures* Vaters wuchs in ihrer Vorstellung, bis sie so aufgeblasen war, dass es nichts mehr mit ihm zu tun hatte. Wenn sie auf ihr Leben zurückblickte, hat sie nicht das Leben betrachtet, das sie tatsächlich gelebt hat. Sie erschuf es einfach neu. Ihr ganzes Leben lang ist sie von einem Leben ins nächste gesprungen. Hat immer wieder von vorn angefangen. Und ich hing wie eine Fessel an ihrem Fuß. Eine ständige Erinnerung und ein unübersehbarer Beweis für die Wirklichkeit und die Vergangenheit. Du siehst also, Maria, in Sachen Liebe habe ich mich mit Krümeln begnügen müssen. Dir wurde alles angeboten, aber es hat dir nicht gereicht. Du bist nie lange genug geblieben, damit sich etwas entwickeln konnte. Und du hattest nie die Geduld zu warten. Wolltest nicht teilen. Alles sollte dir gehören. Nur dir.«

Was sollte ich dazu sagen? Ich sah meine Schwester an und wusste, dass sie Recht hatte. Es war die nackte Wahrheit. Aber es war ihre Wahrheit. Nicht meine.

»Nach Amandas Tod war alles leer. Vollkommen leer. Es wurde ganz still in der Welt.«

Ich suchte nach Worten, tastete mich durch eine unendliche Leere.

»Ich wollte nichts sehen. Nichts hören. Ich wollte nichts. Als wäre ich gestorben. So fühlte es sich wirklich an. Ich fühlte mich wie tot. Wie hätte ich dir da etwas geben können, Emma?«

Ich machte eine Pause.

»Du denkst, es hätte in meiner Macht gelegen, alles zu verändern. Aber ich hatte überhaupt keine Macht. Einen Unfall kann man nicht vorhersagen. Glaubst du wirklich, ich wäre aufs Eis gegangen, wenn ich gewusst hätte, wie es enden würde? Du gehst immer davon aus, dass hinter meinem Handeln immer eine Absicht steckt. Aber ich bin wie alle anderen. Meistens steckt überhaupt keine Absicht dahinter. Gerade im Moment geht es mir so. Ich setze einen Schritt vor den anderen, ohne über meinen Weg nachzudenken. Und an jenem Tag war es ganz genauso. Ich habe Amanda nicht gesagt, dass sie mitkommen soll. Ich wusste wahrscheinlich nicht einmal selbst, wo ich hinwollte. Es war ein grauer, sinnloser Tag. Wir waren wie immer allein. Und ich habe es nicht mehr ausgehalten. Darum bin ich gegangen. Und kam an den Kanal. Und bin einfach weitergelaufen. Ich hatte keinen Plan. Weder für mich noch für dich und Amanda. Als mich Amanda rief, hörte ich, dass sie Angst hatte. Darum bin ich umgedreht und zurück zum Ufer gelaufen. Und habe natürlich angenommen, dass ihr das auch tut. Dass wir zurück nach Hause gehen. Und wie auf dem Hinweg bin ich auch auf dem Rückweg einfach losgelaufen, ohne mich nach euch umzusehen. Ihr konntet ja machen, was ihr wolltet.«

Ich folgte dem Klang meiner eigenen Stimme mit derselben Konzentration, mit der ich auch Emmas gelauscht hatte. Unsere Geschichten befanden sich zum ersten Mal im Einklang. Natürlich hatte ich Emmas fürchterliche Trauer gesehen. Und auch ihre Schuldgefühle. Ich hatte sie gesehen. Aber bisher hatte ich sie noch nie *gespürt*. Immer nur meine. Nie die ihren. Zum ersten Mal sah ich sie vor mir, wie sie auf der schwankenden Eisscholle steht. Klein und allein. Panisch und geschockt. Und zum ersten Mal sah ich mich zurück ans Ufer laufen und den vereisten Hang hinauf, ohne mich ein einziges Mal umzusehen. Warum ich mich nicht umgesehen habe? Um mich zu vergewissern, dass sie auch zurückliefen? Es hätte das Unausweichliche nicht verhindert. Aber es hätte verändert, was danach geschah. Es hätte Emma und mich zu anderen Menschen gemacht. Es hätte unter Umständen sogar unsere Leben verändert. Aber ich lief einfach los.

Emma hatte auch Recht damit, dass ich ihren Anblick danach kaum ertragen konnte. Sie erinnerte mich an den

Unfall. Ich weiß nicht, ob ich ihr die Schuld daran gegeben habe. Oder nur mir selbst. Aber sie zu sehen versetzte mir jedes Mal einen Stich ins Herz. Es tat so entsetzlich weh, daran erinnert zu werden. Ich lief durchs Leben wie auf sehr dünnem Eis, und bei der kleinsten Erinnerung an meine ungeheure Schuld wäre alles unter mir zerborsten. Außerdem war sie die verkörperte Verzweiflung, die Erlösung von mir wollte. Aber ich konnte ihr nichts geben. Wahrscheinlich habe ich ihr irgendwann in meiner Verzweiflung doch die Schuld gegeben. Zwar wusste ich, dass es nicht richtig war. Dass eine Zehnjährige den Unfall nicht hätte verhindern können. Dass Amanda den Rückweg ausgewählt hatte. Aber ich brauchte einen Schuldigen, und darum lud ich alles bei Emma ab. Weil ich die Schuld selbst weder tragen noch ertragen konnte.

Ich sah in ihrem blassen Gesicht, dass die Schuld auch ohne mein Zutun immer da gewesen war. Emma trug sie schon ihr ganzes Leben mit sich herum. So wie ich meine. Ich hätte die Macht gehabt, sie von ihr zu nehmen. Sie davon zu befreien. Ich hätte es damals tun können. Und ich könnte es jetzt tun.

Aber ich wusste nicht, wie. Wie sollte ich uns beide von etwas befreien, das wir schon so lange mit uns herumtrugen und das zu einem Teil von uns geworden war. Ich konnte es mir beim besten Willen nicht vorstellen, wie dieser Befreiungsschlag vollzogen werden sollte.

Ehe ich diesen Gedanken weiterspinnen konnte, stand Emma auf.

»Ich weiß, dass es nicht deine Schuld war. Und auch nicht meine. Es war ein tragischer Unfall. Aber wie so oft im Leben sind es nicht nur die Ereignisse selbst, die einen formen. Fast genauso wichtig ist, wie man sich dazu verhält. Wie es hinterher weitergeht. Wir konnten den Unfall nicht beeinflussen. Weder du noch ich. Aber hinterher hatten wir die Wahl, wie wir uns verhalten. Wir hatten die Wahl in all den Jahren, bis heute. Ich hätte früher mit dir reden können. Ich hätte dich viel eher besuchen können. Dir schreiben. Dir verzeihen. Und mir selbst verzeihen. Aber ich habe nichts davon getan. Ich trauere um den Menschen, der ich hätte sein können, wenn ich es nur versucht hätte. Stattdessen habe ich mich in diesem sinnlosen Schuldgefühl eingerichtet. Habe es mit meiner Liebe zu Amanda vermischt. Die schwere, schuldbelastete Trauer wurde allmählich ein Teil von mir. Vielleicht sogar der größte Teil.«

Auch ich war aufgestanden. Etwas unbeholfen standen wir hinter unseren Stühlen und hielten uns an den Rückenlehnen fest, als bräuchten wir eine Stütze, um uns aufrecht zu halten. Oder vielleicht auch einen Schild, den wir vor uns halten konnten.

»Ich bin so dankbar, Maria. Nicht nur, weil ich kommen durfte. Sondern auch, weil du mir deine Geschichte erzählt hast. Und vor allem, weil du meiner zugehört hast. Ich hatte große Angst, wie es werden würde. Jetzt haben wir noch einen Tag. Er wird anders als die anderen sein. Ich glaube, es wird ein hoffnungsvoller Tag. Das hoffe ich zumindest.«

Als sie an mir vorbei in ihr Zimmer ging, strich sie sanft mit der Hand über meinen Arm.

Ich blieb stumm und reglos stehen.

Dann hörte ich, wie sich die Tür hinter ihr schloss.

Ich räumte den Tisch ab und ging auf die Dachterrasse.

Die großen und einschneidenden Erlebnisse werden nicht zu aktiven Erinnerungen. Sie werden vom Herzen durch den ganzen Körper gepumpt, breiten sich überall aus und zirkulieren, bis sie in allen Zellen einen Abdruck hinterlassen haben. So geht es mir mit dem Tag, als Amanda starb. Natürlich wusste ich, was passiert war. Ich erinnerte mich, allerdings eher theoretisch. Wenn mich jemand gefragt hätte, wie meine Schwester ums Leben kam, hätte ich eine korrekte Antwort geben können. Aber ich habe nie an die Details gedacht, sondern nur diese unerträgliche Sehnsucht verspürt und weitergelebt. Mit der Dunkelheit und der Leere. Aber Emmas Worte hatten etwas ausgelöst. Ich sah sie vor mir, die kleine Zehnjährige. Sie stand vor mir, in ihrer roten Jacke und mit dem blonden Pony, der unter der Mütze hervorblitzte. Verschnupft und sehr blass. Und ich sah Amanda, die sich zwar erleichtert auf den Rückweg machte, aber vielleicht auch ein bisschen enttäuscht war, dass ich nicht in ihre Richtung kam, sondern zurück zum Ufer lief. Ich sah, wie sie sich noch ängstlich umdrehte, um Emma zu helfen. Ich sah, wie sie eifrig redete und plante, was sie zu Hause machen würde, nämlich warme Schokolade. Ich konnte sehen, wie die beiden sich wieder beruhigten und sich gegenseitig trösteten. Ich hatte das ganze

Bild vor mir. Von dem Augenblick an, als ich meine Jacke, Mütze und Handschuhe anzog und rausgehen wollte. Um die beengte Wohnung zu verlassen, in der nur Stillstand herrschte. Ich habe nicht gesehen, wie Amanda und Emma sich schnell anzogen, um mir zu folgen, aber ich spürte es. Und dann machte ich mich auf den Weg. Ohne auf sie zu warten. Ohne nachzudenken. Aber warum ich zum Kanal runtergegangen bin, kann ich nicht erklären. Auch jetzt nicht, obwohl ich mich wirklich bemühe, mich zu erinnern. Vielleicht hatte ich mir gewünscht, dass Amanda mich zurückhält? Und mir sagt, dass wir nicht zum Kanal gehen dürfen. Und mich zwingt, stehen zu bleiben und sie anzusehen. Hatte ich gehofft, dass sie mir dafür verspricht, dass wir später etwas zusammen machen, nur wir beide? Wenn ich umdrehen und mit zurückkommen würde. Ich weiß es nicht. Aber sie hat auch nichts gesagt. Nicht mir zumindest. Ich habe gehört, wie sie mit Emma geredet hat, konnte aber nicht hören, worüber. Viel war es nicht. Sie hatten Schwierigkeiten gehabt, mit mir Schritt zu halten, und vielleicht bin ich sogar absichtlich schneller gelaufen. Vielleicht wollte ich von ihr gestoppt werden. Vielleicht wollte ich, dass Amanda mich bittet, langsamer zu gehen, auf sie zu warten. Aber das tat sie nicht. Und ich hatte keinen Plan. Irgendwie hat das eine sich aus dem anderen ergeben. Plötzlich lief ich durch den gefrorenen Schnee auf dem kleinen Hang, der zum Kanal hinunterführte. Und stand auf dem Eis. Das erstaunte mich. Aber die Erregung war größer. Es war auf eine unheimliche Art und Weise erregend, das schwarze Wasser zwischen den Rissen im Eis zu sehen. Zu sehen, wie es nach oben drang, wenn das Gewicht meines Körpers die Schollen verschob und sie unter mir nachgaben.

Ich spürte, wie mir die Tränen die Wangen hinunterliefen. Diese Tage hatten so viele Tränen erzeugt. Mehr Tränen als in meinem ganzen bisherigen Leben.

Auf dem Eis hatte ich keine Angst. Ich wusste, dass es gefährlich war, aber das machte mir keine Angst. Ganz im Gegenteil. Ich war ganz aufgeregt. Dachte gar nicht nach. Ich hüpfte über das knackende Eis und sprang von Scholle zu Scholle. Als Amanda mich rief, muss ich sie gehört haben. Ich muss es gehört haben, denn ich änderte meine Richtung und lief zurück zum Ufer. Nicht in Amandas und Emmas Richtung, sondern schräg dazu, über unberührtes Eis.

Es tut weh. Der Schmerz wird immer stärker. Als würde ich mich etwas nähern, was ich nicht sehen, nicht erinnern will.

Als Amanda nach mir rief, hatte ich sehr wohl ihre Angst gehört. Aber sie hatte nur Angst um Emma, nicht um sich selbst. Zumindest dachte ich das damals. Und es machte mich wütend. Ohne Emma wären wir gemeinsam über die Risse im Eis gesprungen. Wir wären um die Wette über das Eis gerannt. Wir hätten das Abenteuer gemeinsam erlebt. Die Gefahr. Und wenn sich eine Spalte geöffnet hätte, wären wir beide von ihr verschlungen worden. Gleichzeitig.

Aber jetzt hatte ich Emmas Version gehört. Und begriff, dass Amanda große Angst gehabt hatte. Nicht nur um Emma. Auch um sich selbst. Dass sie niemals mit mir über das Eis gerannt wäre, auch nicht, wenn wir allein gewesen wären. Wenn ich umgedreht und zu ihr zurückgegangen wäre, hätte sie dort auf mich gewartet. Und wir wären unseren Fußspuren zurück ans Ufer gefolgt.

Dann hätten wir dieses Abenteuer gemeinsam erlebt.

SECHSTER TAG

Wir hatten ein morgendliches Ritual entwickelt. Emma saß wie immer an dem kleinen Tisch im Garten, als ich die Treppe herunterkam. Sie hatte Croissants gekauft. Es duftete nach Kaffee und Zigaretten. Mich überraschte, wie gut sich das alles anfühlte.

Ich holte mir Kaffee und setzte mich.

»Letzter Tag. Willst du etwas Bestimmtes machen?«

Emma schüttelte den Kopf.

»Ich finde es herrlich, einfach nur durch die Gegend zu schlendern. Du musst dich wirklich nicht um mich kümmern und mich beschäftigen.«

Sie hatte Farbe bekommen, das stand ihr sehr gut.

»Es ist schade, dass wir nur noch so wenig Zeit haben. Es gibt so vieles, das ich dir gerne gezeigt hätte. Wir hätten nach Barcelona in Mayas Galerie fahren können. Die jetzt mir gehört, auch wenn ich das noch nicht so richtig realisiert habe. Ich hätte gerne gehört, was du dazu sagst. Ich brauche nämlich dringend Rat. Seit Mayas Tod habe ich alle Entscheidungen aufgeschoben. Aber irgendwie rückt der Tag näher, an dem ich ins richtige Leben zurückmuss. Ich muss entscheiden, was ich machen will. Entweder zurück an die Schule. Oder daran glauben, dass ich als Galeristin Fuß fassen kann.«

»Vor so einer großen Entscheidung stehe ich ja auch, wenn ich jetzt nach Hause komme.«

In dem Schweigen, das folgte, hörte ich den kleinen Vogel mit der roten Brust im Feigenbaum singen. Ich stand auf und legte ihm wieder Croissantkrümel auf die Mauer. Es dauerte nicht lange, und der Vogel kam und holte sich welche.

»Wenn ich daran denke, wie nervös mich der Gedanke gemacht hat, dich hier in meinem Haus zu haben.«

Emma lächelte. »Ich war doch auch nervös. Ich habe mir überlegt, wie es wohl werden würde. Und ob ich mich zu sehr aufgedrängt habe.«

»Und jetzt wünsche ich mir, dass wir mehr Zeit miteinander hätten.«

»Aber vielleicht ist das jetzt genau richtig. Wir können alles ganz in Ruhe sacken lassen. Und sehen, wie wir es in Zukunft machen wollen.«

»Weißt du was, Emma, ich finde, wir sollten heute noch mal nach Port Lligat gehen und in dem kleinen Fischrestaurant essen.«

Den Vorschlag fand Emma sehr gut, sie wollte aber vorher in die Stadt, um ein paar Kleinigkeiten für Anna und Jakob zu besorgen.

*

Wenn der Sommer vorbei ist, senkt sich ein tiefer Frieden über Cadaqués. Die Leute gehen wieder ihren üblichen Verrichtungen nach. Viele Bars, Boutiquen und Restaurants schließen zwar, aber in den Geschäften, die noch geöffnet haben, herrscht eine ganz andere Stimmung. Als wären Personal und Kunden Familienmitglieder. Vielleicht stimmte es ja sogar. Die Menschen bewegten sich auch in einem ganz anderen Tempo, weder so langsam wie die Touristen noch schnell wie gestresste Boutique-Mitarbeiter und Kellner. Als würde der Ort tief Luft holen und dann in seinen alten Trott zurückkehren. Dieser Sommer war mein erster in dem Haus. Vielleicht würde es auch der letzte sein.

Emma hatte in einem Laden in der Nähe der Kathedrale silberne Ohrringe gesehen, dort gingen wir hin.

»Ich weiß gar nicht mehr, wie ich mir dein Leben hier vorgestellt habe. Auf jeden Fall nicht so.«

»Wie meinst du das?«

»Nicht so … ja, wie soll ich sagen, nicht so gemütlich. So friedlich. Ich habe mir schon ausgemalt, dass du am Meer lebst. Und ich wusste, dass es bestimmt schön sein würde. Aber so habe ich es mir nicht vorgestellt.«

Ich lachte.

»Wenn du im Juli gekommen wärst, hättest du es bestimmt nicht als friedlich empfunden. Und besonders gemütlich ist es doch in meinem Haus auch nicht.«

»Ich meine ja auch nicht nur die Zeit jetzt, nach Saisonende. Ich meine diesen Ort hier. Und vor allem dich.«

»Mich?«

»Ich habe mir in den vergangenen Jahren immer wieder versucht vorzustellen, wie dein Leben wohl aussehen mag. Auch wenn ich immer wusste, wo du gerade wohnst, habe ich dich ja nur ab und zu bei uns zu Hause erlebt und nicht in deiner eigenen Umgebung. Ich habe mir das dann versucht auszumalen. Was du so machst, wie du wohnst. Mit wem du deine Zeit verbringst.«

»Ich wäre nie auf die Idee gekommen, dass du überhaupt einen Gedanken an mich verschwendest. Oder versuchst, dir vorzustellen, wie ich lebe. Ich in meiner Engstirnigkeit dagegen war davon überzeugt, dass ich genau wüsste, wie dein Leben aussieht. Und zwar ausschließlich aufgrund der Feiern bei euch zu Hause. An Weihnachten und an Geburtstagen. Das war nicht besonders fair, das weiß ich jetzt. Aber ich fand immer, dass es genügte, um dein Leben zu verstehen. Aber ich hatte ja keine Ahnung, nicht wahr?«

»Ach was, man kennt einen Menschen doch nie wirklich ganz, selbst wenn man mit ihm zusammenlebt. Für mich ist Olof ein Fremder geblieben. Ich habe keine Ahnung, was er denkt. Wovon er träumt. Aber während unserer Ehe dachte ich, dass ich alles über ihn weiß. Ich habe mir einen Olof gebastelt, der wenig mit dem Menschen zu tun hatte, der er wirklich ist. Aber das habe ich erst jetzt begriffen.«

Wir waren bei dem Laden angelangt. Emma zeigte mir die Ohrringe, die sie Anna schenken wollte. Eine sehr gute Wahl. Sie waren ganz schlicht, zwei gehämmerte Plättchen aus Silber mit ungeschliffenen roten Korallen.

»Was meinst du?«

»Die sind perfekt«, sagte ich mit Nachdruck. »Genau richtig.«

»Ich kann ihr praktisch nichts kaufen. Kleidung zum Beispiel geht gar nicht. Ich kenne ihren Geschmack nicht. Aber als ich die hier gesehen habe, dachte ich, dass sie ihr gefallen könnten.«

Emma ließ sie sich einpacken, danach gingen wir hinunter zum Hafen und tranken einen Kaffee.

»Für Jakob etwas zu finden ist noch viel schwieriger.«

»Erzähl mir mal ein bisschen von ihm. Ich habe gar kein Bild von ihm. Mit Anna ist das was anderes. Aber ich bin ihm ja kaum begegnet. Und wir sind nie so richtig in Kontakt gekommen.«

»Ja, ich weiß. Jakob ist nicht ganz einfach. Als Kind war er sehr zurückhaltend, hatte Angst vor Fremden. Vielleicht bin ich daran schuld. Ich habe ihn wahrscheinlich zu eng an mich gebunden. Wollte ihn nicht loslassen. Mit Anna war es das genaue Gegenteil. Als hätte ich sie von mir weggestoßen.«

Emma hatte die Ellenbogen auf den Tisch gestützt und die Hände vor den Mund gelegt. Ich hatte Angst, dass sie wieder anfangen würde zu weinen, darum wählte ich meine Worte sorgfältig.

»Ich wollte nie Kinder haben, und als ich schwanger wurde, fühlte sich das nicht an, als würde ich tatsächlich ein Kind bekommen. Ich habe Olof und mich nie als Eltern gesehen. Dieser Gedanke war unvorstellbar. Allerdings bin ich überzeugt davon, dass Olof ein guter Vater ist. Das Problem lag bei mir. Ich wusste nicht, wie man das macht, Mutter sein. Wir hatten ja kein wirkliches Vorbild, weder du noch ich.«

Emma ließ ihre Hände auf den Tisch sinken und sah mich an.

»Das ist so traurig, Maria. Denn ich glaube, dass du eine sehr gute Mutter geworden wärst. Ich dagegen hätte lieber erst einmal erwachsen werden sollen. Hätte lernen sollen zu leben. Als Anna zur Welt kam, habe ich nichts von dem empfunden, was die anderen Mütter erzählt haben. Was eigentlich normal ist. Dass sie ganz intuitiv wussten, wie sie mit dem Neugeborenen umgehen sollten. Dass sie ihr Kind gestillt haben und sich unverletzlich fühlten. Und ich sah mein kleines Mädchen an und spürte nichts. Gar nichts. Vielleicht Beklemmung. Unsicherheit. Ich hatte das Gefühl, dass ich das alles nach Handbuch erledigte. Nichts fühlte sich natürlich an. Ich konnte sie nicht stillen. Ich habe sie jede Woche wiegen lassen, um mich zu vergewissern, dass ich ihr ausreichend zu essen gab und sie zunahm. Ich konnte auch nicht einschätzen, ob ich sie zu warm oder zu kalt angezogen habe. Ich erinnere mich genau, wie erschöpft ich von der Anstrengung war, diese enorme Aufgabe zu bewältigen, die sich so unnatürlich anfühlte. Mit Jakob war dann alles ganz anders.«

»In dem Sommer, den Anna bei mir verbracht hat, habe ich sie als einen ganz fantastischen kleinen Menschen kennengelernt. Das war wahrscheinlich das erste Mal in meinem Leben, dass ich so etwas wie Sehnsucht gespürt habe, selbst Kinder zu haben. Und ich habe dich um sie beneidet. Damals war ich mir dessen nicht bewusst, aber heute sehe ich das klarer. Aber ich glaube nicht, dass ich unbedingt Mutter werden wollte. Dieses Gefühl hatte nur mit deinem Kind zu tun, mit Anna. Mit dem Menschen, der sie war. Du solltest dir keine Vorwürfe machen. Schenk ihr deine Liebe.«

Emma erwiderte nichts, nickte aber behutsam.

»Weißt du, warum ich dich damals gebeten hatte, dich um Anna zu kümmern?«

Ich schüttelte den Kopf.

»Du hast mich nie gefragt, und darüber war ich sehr froh. Es war das erste Mal, dass ich mir eingestand, dass ich unter Depressionen litt. Ich war kaum in der Lage, aus dem Bett zu kommen. Mich anzuziehen. Alles war gedämpft. Sogar die Geräusche wurden leiser. Die Farben blasser. Ich verlor das Gefühl für Zeit. Ich konnte stundenlang auf einem Stuhl in der Küche sitzen. Olof hat bestimmt erkannt, wie es mir ging. Aber auch er entglitt mir. Ich habe ihn nicht mehr wahrgenommen.«

Sie blickte zwar in meine Richtung, aber ich war mir nicht sicher, ob sie mich wirklich sah.

»Was mir aber am meisten Angst machte, war, dass ich mich nicht mehr um meine Kinder kümmern konnte. Anna war ständig unterwegs, sie hatte viele Freunde und kam gut allein zurecht. Aber für Jakob muss es schrecklich gewesen sein, dass ich nicht mehr in der Lage war, für ihn zu sorgen. Olof hat ihn mit ins Sommerhaus seiner Eltern genommen. Ich weiß nicht, was er sich dabei gedacht hat, als er Anna bei mir zurückließ. Wahrscheinlich wollte er die Verantwortung für mich auf sie übertragen. Auf sie war immer Verlass. Aber das war natürlich ein großer Fehler. Ich muss das gespürt haben, trotz meines Zustands. Und das machte mir Angst. Ich hatte Angst vor mir selbst. Davor, was alles passieren könnte. Angst davor, wie sehr es Anna belasten würde, mich noch tiefer fallen zu sehen. Außerdem habe ich mich geschämt. Und wollte niemanden da mit hineinziehen. Als ich hörte, dass du in Schweden Urlaub machen wolltest, habe ich dich angerufen. So viel Verstand war mir noch geblieben. Und du hast einfach Ja gesagt. Du hast keine Ahnung, wie dankbar ich dir dafür war. Eine riesengroße Last war mir dadurch von den Schultern genommen. Und ich habe diese Zeit überstanden. Das haben wir alle. Und alles pendelte sich wieder ein. Zumindest für eine Zeitlang. Dann hatte ich einen Rückfall, aber nie wieder so schwer wie in diesem Sommer. Doch die Sorge darüber, was meine Krankheit den Kindern angetan hat, habe ich bis heute nicht abschütteln können.«

»Ich kenne die beiden ja nicht wirklich, darum kann ich dir darauf keine Antwort geben. Außerdem lässt sich das letztlich auch nicht beantworten – die ewige Frage, ob wir anders geworden wären, wenn die Umstände anders gewesen wären. Ich bin davon überzeugt, dass du deinen Kindern viel mehr gegeben hast als nur deine Krankheit. Und ich weiß, dass du sie liebst. Das wissen sie auch. Das genügt. Nur wenn es keine Liebe gibt, dann gibt es auch keine Hoffnung.«

»Ich glaube, ich habe Jakob zu sehr geliebt. Er hatte die Rolle des Erwachsenen, und ich war das Kind. Denn ich brauchte ihn. Ich wollte, dass er immer nur mich braucht. Darum habe ich ihn nie wirklich losgelassen. Jetzt wohnt er bei Olof, und ich glaube, das ist gut für ihn. Für die beiden.«

»Wofür interessiert er sich denn?«

»Vor allem Musik. Ich weiß nicht, ob ich dir das schon erzählt habe, aber er geht auf die Königliche Musikhochschule. Niemand weiß, ob er später davon leben kann. Aber es ist das Einzige, was er wollte. Er spielt mehrere Instrumente, aber was er vor allem will, ist komponieren. Selbst Musik schreiben. Seit er ganz klein ist, hat er das getan. Ich rede mir gut zu, dass er das schaffen wird. Olof hat die Entscheidungen der Kinder immer infrage gestellt. Mittlerweile hat er sie akzeptiert, aber ich glaube, er ist enttäuscht. Hat sich vielleicht gewünscht, dass beide bürgerliche Akademiker werden. Anna hat nie gezögert. Sie wusste immer genau, was sie wollte. Und Olof hat nie versucht, sie zu beeinflussen. Das war auch aussichtslos. Schon immer. Anna geht ihren eigenen Weg. Und mit Jakob ist es ähnlich. Er wirkt zwar schüchtern und vorsichtig, aber wenn er sich für etwas entschieden hat, dann lässt er sich nicht davon abbringen.«

»Ich würde ihn gerne kennenlernen. Meinen Neffen.«

Emma lächelte.

»Das lässt sich doch machen.«

»Wollen wir mal sehen, ob wir etwas für ihn finden, das mit Musik zu tun hat?«

Wir fanden nichts, was Emma gefiel. Nachdem wir eine ganze Weile durch die Stadt gelaufen waren, entschied sie sich für eine Salatschüssel aus Ton. Ich sah sie fragend an.

»Er kocht sehr gerne«, sagte sie. Und als ich zu bedenken gab, dass sie schwer zu transportieren sei, antwortete sie nur: »Das ist es mir wert.«

*

Am Nachmittag machten wir uns wie verabredet auf den Weg nach Port Lligat. Es war windig, der Himmel wolkenlos. Auf dem Weg blieb Emma immer wieder stehen und genoss die Aussicht. Als würde sie sich alles ganz genau einprägen wollen.

Das kleine Restaurant war nicht voll, und Marcello begrüßte uns so herzlich wie beim letzten Mal. Als er hörte, dass es Emmas letzter Tag war, bestand er darauf, uns vor dem Essen auf einen Sekt einzuladen.

Wir stießen an.

»Komm bitte wieder, Emma.«

Meine Worte überraschten uns beide.

»Das wirst du bereuen«, sagte Emma und kicherte.

»Ja, wahrscheinlich.«

*

Als wir nach Hause kamen, müde von Wein, Wind und Sonne, ging Emma in ihr Zimmer. Ich setzte mich auf die

Dachterrasse. Es hatten sich neue Routinen entwickelt, und auf dem Weg waren ein paar meiner alten Routinen verloren gegangen. Ich hatte zum Beispiel seit ein paar Tagen nichts mehr in mein Tagebuch geschrieben. Normalerweise schrieb ich jeden Tag etwas. Meistens lange Briefe. Aber seit Emma zu Besuch war, hatte ich nur jeweils ein paar Zeilen geschafft. Ich setzte mich an meinen Rechner.

Las meine Mails, Elna aus der Galerie hatte mir geschrieben. Ohne es weiter auszuführen oder einen Anlass zu nennen, bat sie um ein Treffen in der nächsten Woche. Wir hatten eigentlich nichts zu besprechen. Die Planung für den kommenden Frühling stand. Vielleicht wollte sie mich, ganz ungezwungen, dazu bringen, nach Barcelona und in die Galerie zurückzukommen. Ich antwortete ihr, dass ich gerne vorbeikommen würde, und schlug ihr einen Tag vor.

Morgen fährt Emma ab. Mich überraschen meine Gefühle. Ich wollte sie gar nicht hierhaben. Und jetzt will ich nicht, dass sie wegfährt. Noch nicht. Morgens duftet es im Haus nach Kaffee und abends nach Essen. Ich spüre, dass hier noch jemand lebt. Atmet. Nächste Woche fahre ich nach Barcelona. Das Leben meldet sich zu Wort, von mehreren Seiten gleichzeitig. Und ich leiste keinen Widerstand mehr. Glaube ich.

*

Emma stand an der Balkontür im Esszimmer. Sie trug ein ärmelloses weißes Kleid und flache silberne Sandalen. Von hinten sah sie aus wie ein junges Mädchen. Ich fühlte mich auf einmal unendlich alt. Ich hatte mich auf den Abend bei Pau gefreut, aber mit einem Schlag verschwand dieses warme Gefühl, und ich war furchtbar müde.

Emma drehte sich um, als sie mich hörte. Sie neigte den Kopf und musterte mich. Sie sagte kein Wort, aber an ihrem Gesichtsausdruck konnte ich ablesen, dass ich mich ruhig etwas mehr hätte anstrengen können. Ich war so angezogen wie immer: Jeans und ein T-Shirt. Beides frisch gewaschen. Aber das war auch das einzig Positive, was man darüber sagen konnte.

Ich zuckte mit den Schultern.

»Du siehst wunderschön aus«, sagte ich. Das war kein richtiges Kompliment, sondern Ausdruck meiner gemischten Gefühle. Emmas Reaktion darauf war schwer zu deuten.

»Willst du dich nicht auch ein bisschen schick machen?«

»Warum? Das geht doch so?«

»Weil es mein letzter Abend ist. Oder nur dir selbst zuliebe. Weil es sich gut anfühlt, wenn man sich schön macht. Oder einfach so. Ohne besonderen Grund.«

Wir standen uns gegenüber. Schwiegen beide. Plötzlich kam ich mir furchtbar lächerlich vor. Wie ein trotziges Kind.

»Wollen wir mal einen Blick in deinen Schrank werfen?«

Ich ließ mich von Emma führen. Sie öffnete den Kleiderschrank. Kein wirklich erhebender Anblick. Sie ging die wenigen Kleider durch, die darin hingen. Schließlich nahm sie mein rotes Kleid heraus.

»Nein, das nicht«, sagte ich und versuchte, es ihr aus der Hand zu nehmen.

»Warum nicht? Die Farbe steht dir gut.«

»Das nicht, habe ich gesagt!« Ich riss es an mich.

Emma sah mich überrascht an. Und wieder kam ich mir furchtbar lächerlich vor. Und hatte Tränen in den Augen.

»Hör auf damit. Ich habe doch gesagt, dass ich nicht will. Wir gehen jetzt«, stieß ich hervor und hängte das Kleid zurück in den Schrank. Als ich mich wieder beruhigt hatte, drehte ich mich zu Emma um.

Emma hatte ihr Kleid ausgezogen, es lag zu ihren Füßen. Sie trug nur BH und Unterhose. Dann öffnete sie ihren BH und zog ihn aus.

Quer über die linke Seite ihres Brustkorbs verlief eine breite Narbe. Die linke Brust fehlte.

»Du konntest nicht verstehen, warum ich bei unserem Ausflug nicht deinen Pullover nehmen wollte. Warum ich dich angefahren habe. Aber ich war nicht in der Lage, dir das zu zeigen. Ich hätte meinen nassen Pullover nicht ausziehen können. Sonst hättest du die Einlage im BH gesehen. Und das wollte ich nicht.«

Ich wollte es auch jetzt nicht sehen. Aber ich konnte meinen Blick nicht von der Narbe nehmen. Auf der einen Seite die perfekte Brust mit der rosa Brustwarze. Und die Narbe auf der anderen Seite. Ich hätte ihr am liebsten das Kleid hochgezogen, um das zu verbergen, worauf ich die ganze Zeit starrte.

»Ich hatte Angst vor deinem Mitleid.«

Ich hob den Kopf, schweigend standen wir uns gegenüber und sahen uns an. Ich brachte kein Wort heraus. Konnte nichts fragen. Und als ich endlich den Mund öffnete, legte Emma eine Hand darauf.

»Ich will nicht, dass du etwas dazu sagst. Das würde ich nicht aushalten. Aber ich wollte, dass du es weißt.«

Dann bückte sie sich und zog sich erst den BH, danach ihr Kleid wieder an.

»Ich finde, wir sollten uns heute Abend herausputzen«, sagte sie und holte mein rotes Kleid wieder aus dem Schrank. »Wir beide.«

*

Paus Tür stand offen, aber er war nirgendwo zu sehen. Aber wir konnten den Grill auf der Dachterrasse riechen. Emma betrat den großen Raum und sah sich um. Eins von Paus Bildern hing dort an der Wand und bedeckte sie fast vollständig. An diesem Bild war ich auch hängen geblieben, als ich es das erste Mal gesehen habe. Damals hing es in der Galerie. Es hieß *Bressol de tots els blaus – Eine Wiege für all das Blaue*. Ich sah, dass auch Emma davon fasziniert war. Es war praktisch unmöglich, Paus Haus zu betreten, und nicht von diesem Bild überwältigt zu werden. Es war ein Ölgemälde, zwei Meter hoch und breit. Und es war blau. Aber nicht monochrom, sondern in allen nur erdenklichen Nuancen von Blau. Man konnte alle Farbtöne erahnen, alle Ebenen der dunkleren und helleren Schichten. Das Bild leuchtete, obwohl der Raum so dunkel war. Es war mir immer so vorgekommen, als würde das Blau seine Form und seine Farbe ändern, während ich es ansah. Als wäre es lebendig.

»Das hat Pau gemalt«, sagte ich.

Emma stand vor dem Bild, mit dem Rücken zu mir. Für einen kurzen Augenblick wünschte ich mir, mein Handy dabeizuhaben. Um ein Foto zu machen. Obwohl es niemals die Atmosphäre diesen Moments wiedergegeben hätte. Die zarte Gestalt meiner Schwester in ihrem weißen Kleid vor der blau schimmernden Leinwand.

Nach einer Weile drehte sie sich um, und wir gingen wortlos die Treppe hoch.

»Da seid ihr ja! Herzlich willkommen!«, rief Pau vom Grill. Er legte die Grillzange beiseite und kam uns entgegen, gab Emma und mir zur Begrüßung einen Kuss. Er zeigte auf die Stühle am Esstisch, und wir setzten uns.

»Ich war der Meinung, dass Emma unser Nationalgericht probieren sollte. Also habe mich an einer Paella versucht. Wir werden sehen. Ich bin etwas aus der Übung. Habe schon länger keine so aufwendigen Sachen mehr zubereitet.«

Er lächelte und reichte uns ein Glas Sekt.

»Ich hoffe, du kommst wieder, nachdem du jetzt gesehen hast, wie wir hier leben«, sagte er zu Emma.

Sie erwiderte sein Lächeln.

»Das hoffe ich auch«, erwiderte sie, warf mir aber einen kurzen verunsicherten Blick zu. Ich weiß nicht, ob Pau das bemerkte.

»Es gibt hier mehr zu entdecken, als man am Anfang denkt. Das trifft vielleicht auf alle Orte zu. Aber ich bin natürlich voreingenommen. Meine Familie lebt schon seit Generationen hier. Mein Großvater hat dieses Haus bauen lassen. Obwohl, bauen lassen stimmt eigentlich nicht, er hat fast alles selbst gemacht. Manchmal habe ich das Gefühl, dass er zu Besuch kommt. Um nach dem Rechten zu sehen, ob ich auch alles ordentlich mache.«

Er ging zum Grill zurück, auf dem eine große Paellapfanne stand. Ich beobachtete ihn, wie er in seinem weißen T-Shirt und der Stoffhose am Grill stand. Er war barfuß und wirkte vollkommen versunken in seine Aufgabe. Seine Hände bewegten sich mit derselben selbstverständlichen Sicherheit wie bei allen Dingen, die er tat. An der Gitarre. Mit dem Pinsel. Wenn er angelte. Grillte. Die Erinnerungen an andere Abende in seinem Haus wurden wieder lebendig. Glückliche und entspannte Abende mit Essen und Musik. Mahlzeiten, die wie von selbst entstanden, Wein, Musik und Gesang. Und Maya an meiner Seite. Das war eine andere Zeit. Als Pau und ich noch andere Menschen waren, obwohl wir heute noch genauso aussahen wie damals.

Pau kam an den Tisch. Ich spürte seinen Blick und drehte mich zu ihm um.

»Es ist lange her, dass du hier warst, Maria.«

Ich nickte.

»Wir hatten viele schöne Abende hier oben, oder?«

Ich nickte erneut. Ich hatte Angst, dass meine Stimme brechen würde, wenn ich jetzt etwas sagte.

»Und auch oben bei dir auf der Terrasse. Ich war so froh, als ihr dort eingezogen seid. Und wir einfach zwischen den Häusern hin- und herlaufen konnten. Mit Raul und Agnés. Und unseren anderen Freunden.«

Er verstummte, dann sah er zu Emma.

»Du weißt, was passiert ist, oder?«

Emma nickte.

Pau ging zurück zum Grill.

»Ihr könntet schon mal den Tisch decken.«

Ich war dankbar für jede Beschäftigung, sprang sofort auf und stellte Teller und Besteck auf den Tisch. Aber das war schnell erledigt, dann saßen wir wieder in der etwas bedrückenden Stille.

»Ich könnte Musik anmachen«, sagte Pau und verschwand im Zimmer. Kurz darauf kam Musik aus den Lautsprechern. Tango.

»Heute ist Tangoabend im Casino«, erzählte Pau und setzte sich zu uns.

Wir nahmen uns von den Schalen mit Oliven und Padrones.

»Wir könnten nach dem Essen runtergehen. Und den Alten beim Tanzen zusehen. Oder auch mittanzen?«

»Ich nicht«, sagte Emma und lachte auf. »Niemals. Ich kann keinen Tango tanzen.«

»Jeder kann Tango tanzen«, sagte Pau. »Das ist angeboren.

Man muss nur der Musik folgen und sich von ihr überwältigen lassen.«

»Na, so einfach ist das wohl doch nicht.«

Emma sah wunderschön aus. Sie hatte dieses gewisse Etwas, das Elfenhafte, Zerbrechliche, fast Durchsichtige wie Mama. Und Anna. Ihr blondes Haar glänzte im Licht der Lampen an der Wand. Und das weiße Kleid betonte ihren leicht gebräunten Teint. Der einzige Schmuck, den sie trug, waren zwei weiße Perlenohrringe.

»Aber du kannst tanzen, Maria. Das weiß ich.« Pau sah mich an.

Ich schüttelte den Kopf.

»Nicht mehr.«

Pau erwiderte nichts.

»Erzähl mir doch bitte was zu deinen Bildern«, sagte Emma. Ich weiß nicht, ob sie uns aus der Verlegenheit helfen wollte oder ob sie wirklich interessiert war.

»Was willst du wissen?« Pau lächelte sie an. »Ich kann eigentlich nicht viel darüber sagen. Ich male sie nur.«

»Das Bild, das dort unten im Eingang hängt, ist vollkommen …« Emma warf die Hände in die Luft.

»Siehst du, es ist gar nicht so einfach, etwas darüber zu sagen. Ich finde, es genügt, wenn man es sich ansieht. Sich darauf einlässt. Ich mag nicht erklären, was ich mir bei meinen Bildern gedacht habe. Vielleicht weiß ich, was ich damit habe sagen wollen. Weiß, was es für mich bedeutet. Wie ich mich gefühlt habe, als ich es gemalt habe. Was ich gedacht habe. Aber wenn meine Arbeit auf einen anderen Menschen eine vollkommen andere Wirkung hat, dann ist mir das egal. Hauptsache, es hat überhaupt eine Wirkung. Und der Betrachter ist berührt. Es gibt da kein Richtig und kein Falsch.«

Er stand auf und kam mit der Pfanne zurück. Es duftete fantastisch. Bevor er sich setzte, tat er Emma und mir großzügig auf. Der Reis war perfekt, leicht angebrannt am Boden der Pfanne und goldgelb vom Safran. Auf dem Bett aus Reis lagen Fisch, Garnelen, Muscheln, Tintenfisch, Wurst und Hühnchen.

»Ich wollte mich für mein Verhalten gestern entschuldigen.« Emma hatte ihr Besteck weggelegt.

»Es gibt keinen Grund, sich zu entschuldigen.« Pau lächelte und legte seine Hand auf Emmas.

»Doch, den gibt es. Es tut mir wirklich leid. Das war unüberlegt. Und ich habe dadurch den schönen Tag kaputtgemacht.«

»Du hast meinen Tag auf jeden Fall nicht kaputtgemacht. Ich war schon so lange nicht mehr mit dem Boot draußen gewesen, und dein Besuch hat mich dazu gebracht. Also, muss ich dir im Grunde genommen dankbar sein.«

Emma wirkte nach wie vor unglücklich und zerknirscht.

»Wenn, dann muss ich mich entschuldigen, Emma. Schließlich habe ich das alles durch meinen Sprung ins Wasser ausgelöst. Es war meine Schuld. Aber jetzt lassen wir das alles ruhen.« Ich hob mein Glas, und wir prosteten uns zu.

Wir aßen langsam, genossen, nahmen uns Zeit. Ich weiß nicht mehr, wie, aber Pau gelang es, unser Gespräch auf ein ganz anderes Thema zu lenken. Er erzählte von seiner Kindheit. Von seinem Großvater und von anderen exzentrischen Verwandten. Von der Fischerei, von der alle in der Familie seit jeher gelebt hatten. Nach einer Weile vergaß ich alles andere und hörte ihm gebannt zu. Ich konnte Paus Liebe zu diesem Ort sehen und hören. Wie verankert er mit dieser Stadt war. Mit seinem Haus. In dem seine Vorfahren seit Generationen gelebt hatten. Und ich erkannte, wie flüchtig mein eigenes Verhältnis war. Meine Wurzeln waren zerbrechlich und oberflächlich. Aber es waren auch die einzigen Wurzeln, die ich jemals an einem Ort entwickelt hatte.

Nachdem wir aufgegessen hatten, räumte Pau die Teller ab und kam mit Obst und Käse zurück. Er schenkte neuen Wein ein und fragte, ob wir seine Arbeiten sehen wollten. Wir gingen rein. Er schaltete das Licht an, und der Raum erwachte. Die Wände waren bedeckt mit Bildern, und in der Mitte stand eine Staffelei, die mit einem Tuch verhangen war. Ich sah ihn fragend an, aber er schien es nicht zu bemerken. Und machte auch keine Anstalten, uns das neue Bild zeigen zu wollen. Dafür erzählte er etwas anderes.

»Ich bin durch meine Mutter zum Malen gekommen. Sie war selbst künstlerisch begabt, darum freute sie sich besonders über mein Interesse.« Paus Körper warf einen langen Schatten auf die weiße Wand hinter ihm. »Sie saß immer neben mir. Am Anfang als Lehrerin. Später als begeisterte Zuschauerin. Wenn ich arbeite, sitzt sie nach wie vor neben mir – natürlich anders als früher. Aber sie ist immer bei mir.« Er lächelte. »Mein Vater wollte, dass ich studiere. Ich sollte das tun, was ihm selbst verwehrt gewesen war. Ich sollte Anwalt werden. Oder Wirtschaftsprüfer. Etwas Angesehenes. Was mir ökonomische Unabhängigkeit ermöglicht. Er hat in der Baufirma seines Schwiegervaters angefangen, als er meine Mutter heiratete. Ich glaube, er hat sich nie wirklich frei gefühlt, obwohl er Erfolg hatte und die Firma gut lief. Er hat die Firma auch nach dem Tod seines Schwiegervaters übernommen. Na, genau genommen hat meine Mutter sie geerbt. Sie hatte keine Geschwister. Als mein Vater starb, hat meine Schwester Laura die Geschäfte übernommen. Ich nicht. Meine Mutter hat das nur einmal in einem Streit erwähnt. Dass sie die Firma geerbt hätte. Und später sagte sie, dass es nur konsequent ist, wenn die Tochter sie dann weiterführt.«

Pau sah uns nachdenklich an.

»Als Kind hat man ja keine Distanz zu seinen Eltern. Es sind einfach nur Mama und Papa. Man kann sich gar nicht vorstellen, dass sie anders sein könnten. Erst wenn man selbst erwachsen ist, kann man – wenn überhaupt – den Menschen in ihnen sehen. Sie müssen sich geliebt haben, um das Leben führen zu können, das sie geführt haben. Ich verstehe, wie schwer es für einen so stolzen Mann wie meinen Vater gewesen sein muss, unter seinem Schwiegervater zu arbeiten. Wie eine lebenslange Probezeit. Er hat sein ganzes Leben damit verbracht, sich vor den Schwiegereltern als würdig zu erweisen, mit ihrem einzigen Kind, der geliebten Tochter, zusammen zu sein. Aber ich glaube, ihm war es das wert.«

Ich warf Emma einen Blick zu. Sie hörte ihm aufmerksam zu und sah ihn unentwegt an.

Ich schluckte und schluckte, brachte kein Wort heraus. Schließlich entschuldigte ich mich, ging ins Badezimmer und ließ kaltes Wasser über meine Hände laufen. Dann legte ich mir die kühlen Handflächen auf die Wangen. Ich betrachtete mein Spiegelbild. Das schwache Licht war sehr schmeichelnd. Emma hatte mich nicht nur dazu überredet, das rote ärmellose Kleid anzuziehen, sie hatte mir auch die Spange aus dem Haar genommen. Ich erinnerte mich an das letzte Mal, als ich das Kleid getragen hatte. Und meine Haare offen. Das war nicht hier in Paus Haus gewesen. Sondern bei uns auf der Dachterrasse. An dem Abend hatten wir zum ersten Mal Gäste gehabt. Der Abend, an dem wir offiziell ein Paar wurden. Ich habe getanzt. Gelacht. Und ich fühlte mich schön. Ich konnte mich in Mayas Augen spiegeln und wusste, dass sie mich schön fand. Ich hob eine Schulter und roch an dem Stoff. Maya hatte beim Tanzen ihren Kopf darauf gelegt. Aber ich konnte nichts riechen.

Paus Geschichte hatte etwas in mir ausgelöst. Die Schilderung der Liebe seiner Eltern hatte etwas Zartes, Zerbrechliches in mir berührt. Sie hatte an der dünnen Kruste gekratzt, die sich über meinem größten Schmerz gebildet hatte.

Ein langes Leben voll ungebrochener Liebe. Erwiderter Liebe. Ich konnte mir nicht vorstellen, wie es gewesen wäre, umgeben von so einer Liebe aufzuwachsen. Oder sie selbst zu erleben.

Ich stützte mich am Waschbecken ab und sah meinem Spiegelbild in die Augen.

»Hätte ich nicht wenigstens noch ein bisschen Zeit bekommen können?«, flüsterte ich. »Dann hätte ich beweisen können, dass kein Opfer zu groß gewesen wäre. Dass meine Liebe auch ein ganzes Leben lang gereicht hätte.«

Ich verließ das Badezimmer und blieb vor dem blauen Bild stehen. Ich konnte mir auf einmal Pau als kleinen Jungen vorstellen, mit seiner Mutter an seiner Seite. Vielleicht hatte sie eine Hand auf seinen Rücken gelegt, während er mit dem Pinsel hoch konzentriert über die Leinwand strich. Wie sie sich nach hinten lehnte, um das ganze Bild betrachten zu können. Wie sie die Köpfe zusammensteckten und über Details sprachen. Ich stellte mir vor, dass sein Vater ins Zimmer kam, die Mutter ihm die freie Hand entgegenstreckte und er sie in seine nahm. Wie er sich hinter seinen Sohn stellte und ihm seine Hand auf den Kopf legte.

Ich sah die blauen Schattierungen, wie sie ineinanderflossen, dunkler wurden, sich auflösten, um sich wieder zu sammeln. Und zum ersten Mal konnte ich erkennen, dass dieses Bild ohne die Liebe, die Pau erfahren hatte, niemals hätte entstehen können. Seine Kunst hatte ihren Ursprung in der Liebe, die sein Leben geprägt hatte.

Als ich wieder nach oben kam, blieb ich auf der obersten Treppenstufe stehen. Emma und Pau tanzten. Sie bewegten sich sanft zur Tangomusik. Ihre helle Kleidung bildete einen starken Kontrast zu dem dunklen Raum. Als wären sie beleuchtet und würden auf einer Bühne stehen. Ich sah, wie sich Emma in Paus Arm nach hinten beugte und einen Fuß gegen sein Bein schmiegte. Reglos stand ich da, konnte meinen Blick nicht von ihnen wenden.

Schließlich ging ich, leise. Die Treppe hinunter und aus dem Haus. Die Luft strich kühl um meine Arme und Beine, als ich auf die kleine Gasse trat. Ich blieb stehen und sah in den sternenklaren Himmel. Ein fast voller Mond verbreitete einen hellen weißen Schein. Im Hintergrund hörte ich die Tangomusik, während ich langsam die Steintreppen hinauf- und nach Hause ging.

*

Ich zog das Kleid aus und hängte es zurück in den Schrank. Danach stand ich lange unter der Dusche, bevor ich nach oben ging und mein Bett machte. Ich setzte mich nackt aufs Sofa, ohne Licht anzumachen, die Schachtel auf dem Schoß. Meine Hand fand ohne Zögern, wonach sie suchte, Mayas kleines Parfümfläschchen. Ich zog den Deckel ab und gab ein paar Tropfen auf meinen Zeigefinger, strich damit über meinen Hals, hinter die Ohren und zwischen meine Beine. Dann kroch ich unter mein Bettlaken. Der Geruch des Parfüms war schwach, aber er füllte alles aus. Die ganze Welt.

*

Ich wachte von den Nachwellen eines intensiven Orgasmus auf. Ohne die Augen zu öffnen, versuchte ich, mich an den Traum zu erinnern. Ich hatte mit jemandem geschlafen. Und ich war sowohl die Geliebte als auch die Liebende. Ich hatte betrachtet und wurde betrachtet. Hatte mit meiner Hand über den Bauch gestreichelt. Hatte die Erregung dabei gespürt. Beim Berühren und beim Berührtwerden.

Ich zog mir das Laken über den Kopf und konnte in der Wärme noch den schwachen Duft des Parfums ausmachen. Da spürte ich, dass ich nicht allein war.

Als ich die Augen öffnete, sah ich in dem schummrigen Licht der Morgendämmerung Emmas zusammengerollten Körper auf dem anderen Sofa liegen. Sie lag mit dem Rücken zu mir, ihre Decke war verrutscht, und ihre Füße lagen im Freien. Sie trug Socken, und aus einem mir unerfindlichen Grund berührte mich dieser Anblick sehr. Sie sah aus wie ein Kind. Das kurze Haar, der schmale Rücken und die Socken an den Füßen.

Ich schlich aus dem Bett und legte mich vorsichtig neben meine Schwester. Ich spürte, dass sie davon wach wurde, aber sie blieb ganz still liegen. Ich zog die Decke über uns, dann sind wir wahrscheinlich wieder eingeschlafen. Vielleicht waren wir auch gar nicht richtig wach gewesen.

Erst viel später setzte sich Emma schlaftrunken auf, eine Weile saßen wir so nebeneinander.

»Tu das nie wieder, Maria.«

Ich sah sie fragend an.

»Geh nie wieder einfach weg von mir.«

Sie saß im Schneidersitz und mit kerzengeradem Rücken neben mir. Sie erinnerte mich an einen kleinen Kauz.

»Ich verspreche es.«

»Nicht ohne mir etwas zu sagen. Nur das musst du mir versprechen.«

»Ich verspreche es. Ich wollte euch nicht stören. Es sah so schön aus, wie ihr miteinander getanzt habt.«

Emmas Lachen verwirrte mich.

»Dafür, dass du so eine kluge Frau bist, bist du ganz schön schwer von Begriff. Du hast nichts begriffen, oder?«

Sie schüttelte den Kopf. Sagte aber kein weiteres Wort, sondern stand auf und stellte sich vor mich.

»Das hier musst du mit niemandem teilen. Du hast das vielleicht noch nicht erkannt, aber das ist alles deins. Ist es immer gewesen. Du musst nur die Augen aufmachen und es sehen.«

Dann ging sie nach unten.

Ich zog mir Pullover und Hose an und folgte ihr. Aber Emma war in ihrem Zimmer.

Als ich später wieder hochkam, saß sie wie immer in dem kleinen Garten und rauchte eine Zigarette.

»Kommst du heute mal mit?«, fragte sie.

Ich nickte.

Unten auf der Gasse nahm sie meinen Arm und hakte sich bei mir ein. So schlenderten wir langsam hinunter zum Kai und gingen weiter zum Platz und zum Bäcker. Auf dem Rückweg hielt Emma plötzlich an.

»Wollen wir kurz ins Wasser springen? Ich weiß, wir haben keine Badeanzüge an, aber wir können doch auch in BH und Unterhose schwimmen gehen? Ich kann das jetzt…«

Ich sah meine kleine Schwester an und konnte nicht aufhören zu lächeln. »Klar können wir das!«

Emma war schneller als ich und tänzelte über den steinigen Grund, bis ihr das Wasser bis zur Taille reichte und sie anfing zu schwimmen. Ich war direkt hinter ihr. Das Wasser war kühl, aber die Haut gewöhnte sich schnell daran. Wir tauchten und schwammen. Wir ließen uns auf dem Rücken treiben und sahen in den Himmel.

Wenn die Zeit doch jetzt stehen bleiben könnte, dachte ich.

Aber nichts kann so bleiben, wie es ist.

Dann zogen wir uns wieder an und gingen nach Hause.

Nach dem Kaffee und den Croissants saßen wir eine Weile im Garten. Der kleine Vogel mit der roten Brust tauchte heute nicht auf. Es zog zu.

»In wenigen Stunden sitze ich im Bus.«

»Oh ja, stimmt, wir wollten doch ein Taxi bestellen. Das habe ich total vergessen.«

»Ich aber nicht. Aber ich habe meine Meinung geändert. Ich weiß gar nicht, warum, aber irgendwie fühlte es sich richtiger an, mit dem Bus zu fahren. Nicht so definitiv. Ich wollte so abreisen, wie ich gekommen bin. So bleibt alles offen. Verstehst du, was ich meine? Mit dem Taxi zu fahren kommt mir irgendwie wie eine Flucht vor.«

»Vielleicht, ich weiß nicht. Aber es ist gut, wenn wir es offen lassen.«

»Das ging aber leider nicht. Es fährt nur ein Bus morgens ganz früh. Darum habe ich Pau gebeten, mir ein Taxi zu bestellen. Es kommt um eins.«

Ich sah auf die Uhr.

»Das ist ja gleich!«

»Ja, ich muss ja den Zug erwischen. Das muss so sein.«

Sie sah mich mit einem Blick an, den ich nur schwer deuten konnte. Vielleicht war es Erwartung?

»Aber du kommst wieder?«

Da lächelte sie.

»Wenn du mich wieder einlädst.«

»Du meinst, so wie letztes Mal?«

Da lachte sie.

»Nein, nicht wie beim letzten Mal. Wenn du mich einlädst und es wirklich meinst. Dann komme ich. Aber ich warte nicht wieder zwei Jahre mit meiner Antwort. Die Zeit habe ich nicht.«

Ich nickte.

»Vielleicht zu Weihnachten?«

»Vielleicht zu Weihnachten.«

»Mit Anna und Jakob?«

»Ja, vielleicht.«

»Und dann fahren wir zusammen nach Barcelona. Damit du dir meine Galerie ansehen kannst.«

*

Emmas Taxi war gar kein richtiges Taxi. Es war Marcello in seinem dreckigen Lieferwagen. Er kam früh und trug Emmas Tasche die Treppen hoch. Wir gingen langsam hinterher.

»Mama hat mir nicht viel Liebe, dafür aber zwei Schwestern geschenkt.«

»Dasselbe gilt für mich«, sagte Emma. »Auch wenn nur die eine Schwester hier neben mir steht.«

Am Wagen angekommen umarmten wir uns lange. Emma fühlte sich so klein an.

Marcello half Emma in den Wagen und schloss ihre Tür. Als sie losfuhren, winkte sie mir zum Abschied.

*

Als ich zurückkam, war das Hausmädchen schon bei der Arbeit. Ich hatte ganz vergessen, dass heute ihr Tag war. Sie war in der Küche und wischte die Sitzbänke ab, als ich reinkam.

»Soll ich die Bettwäsche im Schlafzimmer wechseln?«, fragte sie.

»Ja danke. Meine Schwester ist gerade abgereist.«

Ich ging hoch auf die Dachterrasse. Es war kühl, und der Himmel hatte sich zugezogen. Das Meer sah dunkel und nicht besonders einladend aus. Es war kaum vorstellbar, dass wir noch vor wenigen Stunden darin geschwommen waren. Nach einer Weile ging ich wieder rein und zog die Schiebetüren hinter mir zu.

Ich setzte mich an den Schreibtisch und klappte den Laptop auf.

*

Paus Tür war verschlossen, und ich konnte auch kein Licht sehen. Trotzdem klopfte ich an. Es dauerte eine ganze Weile, bis er öffnete.

Auf einmal wusste ich überhaupt nicht mehr, warum ich vorbeigekommen war. Oder was ich sagen wollte.

»Emma ist weggefahren«, sagte ich. Und hörte, wie dämlich das klang.

Aber Pau nahm meine Hand und zog mich ins Haus. Ich streckte ihm die Weinflasche entgegen, die ich mitgebracht hatte. Er nahm sie, und dann nahm er mich in den Arm.

»Möchtest du etwas essen?«

Ich schüttelte den Kopf.

»Ich will nur, dass du für mich singst, Pau. Von all dem Blauen.«

Anna Enquist

Kontrapunkt

Roman

224 Seiten, btb 73969

Ein ergreifender Roman über Musik – und über die Liebe zwischen Mutter und Tochter.

Eine Mutter will sich nicht damit abfinden, dass die Erinnerung an ihre tragisch verstorbene Tochter allmählich schwindet. Sie stemmt sich gegen die Zeit, will die Erinnerung in allen Einzelheiten lebendig halten – und verzweifelt fast daran. Erst als sie, die ausgebildete Pianistin, wieder beginnt, Bachs Goldberg-Variationen am Klavier einzustudieren, erkennt sie, dass ihr die Musik eine Brücke zu ihrer Tochter sein kann.

»Noch nie hatte die Autorin so konsequent, stimmig und bravourös die Symbiose von Gedanken, Gefühlen, Worten und Tönen zu einem Gesamtkunstwerk gefügt.«
Bayern 2, Diwan

»Ein geistiger Abenteuer- und grandioser Liebesroman.«
Elmar Krekeler, Die Welt

»Eine große Erzählung vom Leben und der Musik.«
Claudia Voigt, KulturSPIEGEL

btb